애드벌룬

〈K-픽션〉 시리즈는 한국문학의 젊은 상상력입니다. 최근 발표된 가장 우수하고 흥미로운 작품을 엄선하여 출간하는 〈K-픽션〉은 한국문학의 생생한 현장을 국내외 독자들과 실시간으로 공유하고자 기획되었습니다. 〈바이링궐 에디션 한국 대표 소설〉 시리즈를 통해 검증된 탁월한 번역진이 참여하여 원작의 재미와 품격을 최대한 살린 〈K-픽션〉 시리즈는 매 계절마다 새로운 작품을 선보입니다.

This 〈K-Fiction〉 Series represents the brightest of young imaginative voices in contemporary Korean fiction. Each issue consists of a wide range of outstanding contemporary Korean short stories that the editorial board of *Asia* carefully selects each season. These stories are then translated by professional Korean literature translators, all of whom take special care to faithfully convey the pieces' original tones and grace. We hope that, each and every season, these exceptional young Korean voices will delight and challenge all of you, our treasured readers both here and abroad.

애드벌룬
Hot Air Balloon

손보미 | 제이미 챙 옮김
Written by Son Bo-mi
Translated by Jamie Chang

ASIA
PUBLISHERS

Contents

애드벌룬   007
Hot Air Balloon

창작노트   077
Writer's Note

해설   091
Commentary

비평의 목소리   113
Critical Acclaim

애드벌룬
Hot Air Balloon

그의 어머니는 그가 여덟 살이 되던 해에 죽었다. 태어날 때부터 몸이 약했던 그의 어머니는 어릴 적부터 막연하게나마 자신은 평생 혼자 살아갈 거라는 생각을 하곤 했다. 하지만 그 예상은 틀렸고 그녀는 스물다섯 살 겨울에 사랑하는 남자를 만나 행복한 결혼 생활을 시작했다. 그들은 출산 계획이 없었는데, 그건 그녀의 몸이 견디지 못할 거라는 남편의 주장 때문이었다.

그를 임신했다는 사실을 알았을 때, 그녀의 남편은 출산을 강력하게 반대했다. 아내가 출산 중 사망할 거라고 장담했던 것이다. 그가 태어난 것은 순전히, 때로는 미친 것처럼 보이기까지 했던 그녀의 고집 때문이었다.

His mother passed away the year he turned eight. Frail from birth, his mother grew up with shadowy visions of herself living and dying alone. But her predictions were wrong, for she met a man she loved in the winter of her twenty-fifth year and began a happy marriage. They had no plans for children. Her husband insisted that her body would never survive it.

When they found out she was pregnant, her husband strongly opposed keeping the child. He was certain she would die during childbirth. The child was born thanks purely to her stubbornness that sometimes bordered on the psychotic. She did not die during childbirth, but her husband was not al-

물론 그녀는 출산 중 죽지 않았지만, 남편의 의견이 완전히 틀렸다고 말할 수도 없었다. 그녀는 팔 년 동안 거의 산송장 같은 삶을 **살았다**. 장례식이 끝나자마자 그의 아버지는 그녀의 유품을 모두 다 불태워 버렸다. 어린아이였던 그가 아버지에게 뭐 하는 거냐고 물었을 때, 그는 이런 대답을 들었다. "엄마의 세상으로 보낸단다." 문자 그대로 그는, 죽을 때까지 어머니를 단 한 번도 떠올리지 못했다. 그는 어머니의 **얼굴**을 기억하지 못했다. 그는 아버지가 진짜로 무엇인가를 보내 버렸음을 새삼스럽게 깨닫곤 했다.

그의 아버지는 도시 외곽에 있는 한적한 동네의 작은 파출소에서 근무했으며, 아내를 잃은 후 평생 독신으로 지냈다. 장례식이 끝나고 며칠 후 그들 부자는 여행을 떠났다. 그는 그 여행에 대한 거의 모든 기억을 잊어버렸지만, 그렇다고 아무것도 기억하지 못하는 것은 **아니다.** 늦봄이었고, 날씨가 아주 좋았다. 그는 자신이 앉아 있던 조수석으로 떨어지던 햇살의 가닥가닥을 기억했다. 그가 오랫동안 잊어버리고 있었던 것 중 하나는 운전 중에 아버지가 했던 말이다. 아버지는 그를 슬쩍 바라보고 이렇게 말했다. "운이 좋구나." 그가 이 말을 기

together wrong. She **lived** on like a corpse for eight years thereafter. After the funeral ended, his father burned all of her possessions. When the child asked him what he was doing, the answer he gave was this: "I'm sending these to your mother's world." Literally, the man could not recall his mother one more time for the rest of his life. He could not remember her **face**. Each time he failed to remember, he was reminded anew that his father had indeed sent something away.

His father worked at a small police station in a quiet town outside the city and never remarried. A few days after the funeral, the father and son went on a trip. The son has forgotten most of the details of that trip, but he remembers **some**. It was late spring, and the weather was fine. He remembered the strands of sunlight falling on him in the passenger seat. One thing he had forgotten for a while was what his father said while he was driving. He stole a glance at the boy and said, "We're in luck." This detail suddenly came back to him one summer morning about thirty years later as he was waking up with a terrible hangover. The truth was, that trip was a series of horridly unlucky incidents. They had planned to spend a week fishing and swimming at a resort on the lake, but they were barely

억해 낸 것은 삼십 년쯤 지난 어느 여름날 아침, 지독한 숙취에서 깨어난 후였다. 그러나 사실, 그 여행은 지독한 불운의 연속이었다. 일주일 동안 그들은 호수 근처 휴양지에서 지내며 낚시를 하거나 수영을 할 계획이었지만, 낚싯대도 한번 제대로 잡아보지 못했다. 도착한 날 저녁부터 비가 내리기 시작한 것이다. 호수 옆에는 바로크 양식을 어설프게 본뜬 숙박 건물이 일곱 채 정도 더 있었지만, 그들이 머무르고 있던 한 채를 제외하고 모두 비어 있었다. 사시사철 그곳에 머물면서 건물을 관리하는 젊은 부부가 있었는데, 그들은 호숫가 동쪽에 있는 이 층 건물에 살고 있었다. 그들이 도착한 날 저녁, 관리인 부부는 우산을 받쳐 들고 그들의 숙소까지 찾아와서는 저녁 먹으러 건너오겠냐고 물었다. 그의 아버지는 웃으며 괜찮다고 했다. 딱히 그 이유를 말할 수는 없었지만, 그는 아버지가 화났다고 생각했다. 비는 그치지 않았다. 마치 장마가 온 것 같았다. 이틀 동안 그의 아버지는 서너 번쯤 숙소에 그를 홀로 남겨두고 비 오는 숲 속을 산책하고 돌아왔지만 대부분의 시간은 그와 함께 숙소에 처박혀 있었다. 사흘째 되는 날 밤에는 엄청난 폭우가 쏟아졌다. 천둥 번개까지 내리친 탓

able to take out even their fishing rods. It began to rain the night they arrived. There were seven other lodgings with fake baroque façades around the lake, but they were all empty except for the one where the father and son were staying. There was a young couple that lived on-site year round to manage the place, and they lived on the second floor of the building on the east side of the lake. The evening they arrived, the groundskeeper couple showed up huddled under the umbrella at their room to invite them to dinner. His father smiled and said no thanks. The boy could not tell why, but he thought his father was angry. The rain did not stop. It rained as though it was a monsoon. His father left him in the room by himself three or four times to go for a walk in the rainy forest, but they spent most of the time cooped up in their room together. On the third night, a frightful rainstorm arrived. Thunder and lightning kept the boy awake all night. The next morning, he saw his father shake his head despairingly at the downpour. "What on earth..." he mumbled to himself and asked the boy if he wanted to eat with the lady who had come over the other day. The boy wanted to. His father held the umbrella in his right hand and the boy's hand in his left as they headed to the groundskee-

에 그는 밤새 한숨도 자지 못했다. 다음 날 아침, 그는 아버지가 쏟아지는 비를 보며 절망한 듯이 고개를 흔드는 것을 보았다. "세상에, 이게 다 무슨 일이야." 이렇게 중얼거린 아버지는 그에게 저번에 왔던 아줌마네 집에 가서 밥 먹고 싶냐고 물었다. 그는 그러고 싶었다. 그의 아버지는 오른손으로 우산을 들고, 왼손으로는 그의 손을 잡고 관리인 부부의 집으로 향했다. 아버지의 걸음이 너무 빨라 그의 몸이 기우뚱기우뚱거렸다. 관리인 집에는 부인밖에 없었다. 부인은 아주 반갑게 그들 부자를 맞이했다. 그때도, 그는 아버지가 화가 난 거라고 생각했다. 그 집에 머문 건 그리 긴 시간은 아니었다. 그 날 밤, 그들은 나머지 일정을 채우지 않고 집으로 돌아갔다. 그게 그들 부자의 처음이자 마지막 여행이었다. 그들은 한 번도, 정말로 단 한 번도 그 여행에 대한 이야기를 입 밖에 내본 적이 없었다.

어머니가 죽었다고 해서 그들 부자의 생활이 특별히 달라진 것은 아니다. 그는 아주 어릴 적부터 어머니의 도움 없이 생활하는 법을 터득했고, 아버지는 집안일에 능숙했다. 그는 학교가 끝나면 근처에 살던 고모 집에 가서 대부분 시간을 보냈다. 고모의 남편은 한국계 미

per couple's place. His father walked so fast he listed to and fro. It was just the lady at the house. She greeted them warmly. Then, too, the boy thought his father was angry. They did not stay at the house for very long. That night, the father and son cut their trip short and returned home. This was the first and only trip they took together. Neither of them mentioned this trip to each other again.

The mother's death brought little change in the life of the father and son. At a young age, the boy figured out how to live without his mother's help, and the father was adept at housework. After school, he spent most of his time at his aunt's nearby. His aunt's husband was Korean-American. They left for America when the boy was ten and did not come back. Sometimes when his father was late coming home, the boy would fall asleep at his aunt's. But when he woke up in the morning, he always found himself in his own house. His father carried him home on his back and lay him down on his bed with white seagull bed sheets. After his aunt left, he was alone after school. He did his homework, watched TV, or read borrowed comic books. Sometimes, he played with friends. When he was hungry, he had cereal or fixed himself ra-

국인이었는데 고모 부부는 그가 열 살이 되던 해에 미국으로 떠나서 다시는 돌아오지 않았다. 아버지가 늦게까지 데리러 오지 않아 고모 집에서 잠들 때도 있었다. 하지만 아침에 깨어보면 늘 자신의 집이었다. 그의 아버지는 잠든 그를 업어서 집으로 데리고 갔고, 하얀색 갈매기가 그려진 침대보 위에 그를 눕혔다. 열 살이 되면서부터 그는 방과 후에 혼자 있어야만 했다. 숙제를 하거나 티브이를 보거나 대여점에서 빌려온 만화책을 읽었다. 가끔씩은 친구들과 뛰어놀기도 했다. 배가 고프면 시리얼에 우유를 타 먹거나 라면을 끓여 먹었다. 하지만 그는 자신이 불행하다고 생각해 본 적이 없었다. 어머니가 돌아가셨다는 사실을 일부러 밝히지도 않았지만, 그렇다고 그 사실을 특별히 숨기려고 애쓰지도 않았다. 그의 중학교 3학년 시절 성적표 가정통신란에는 이렇게 적힌 있다. "평소 매우 차분한 성격이지만, 협동 활동을 할 때에는 학우들과 잘 어울립니다. 학업에 성실하며 자신보다 남을 배려할 줄 아는 학생입니다. 남의 슬픔을 잘 이해하고 자신을 제어할 줄 압니다." 물론 여기 적힌 말들이 다 사실은 아닐 것이다. 특히 "남의 슬픔을 잘 이해한다"는 구절은 순전히 그 당시 통신문

men noodles. He never thought himself sad. He did not go out of his way to let people know that he'd lost his mother, but he did not keep it a secret either. In his ninth grade report card, his teacher wrote, "Student has a calm personality but works well with his peers for group activities. He is a conscientious, considerate student. He is sympathetic toward other people's grief and exercises great self-control." Of course, not all of what the teacher wrote was true. Especially the "sympathetic toward other people's grief" comment was possibly based on the teacher's preconceptions of a quiet boy who suffered a great loss. But other than that, most of what she said was applicable.

He remained a quiet, average student through high school. Just once, in the spring of his tenth grade year, he was involved in an incident and gave his father some grief. He expected his father to be furious, but he could not have been more wrong. His straying from the path must have elicited guilt in his father. His father gave him a gift. It was tickets to a concert for a rock band called Parcel that had been recently touring Korea. The boy was puzzled. Parcel was **on its way out**. He used to be pretty crazy about them, but not any more. He had no interest in Parcel. Why was Parcel even doing a

을 작성하던 선생님의 편견—어머니의 죽음이라는 큰 상실을 경험한, 아주 조용한 아이에 대한—에 근거한 것이었다. 하지만 그 구절을 제외한다면 선생님의 의견은 대부분 온당했다.

고등학교에 진학한 후에도 여전히, 그는 조용하고 평범한 학생이었다. 딱 한 번, 고등학교 2학년 봄에, 어떤 사건에 휘말려서 아버지를 곤란하게 만든 적이 있었다. 그는 아버지가 몹시 화낼 거라고 예상했지만, 그 예상은 완전히 빗나갔다. 그의 비행(非行)이 오히려 아버지에게 일종의 죄책감을 불러일으켰던 것 같다. 아버지는 그에게 선물을 주었다. 그건 그가 중학생 시절 좋아했던 파셀이라는 록 밴드의 내한 공연 티켓이었다. 그는 고개를 갸웃거렸다. **이제** 파셀은 거의 끝물이었다. 예전에 열성적으로 좋아하긴 했지만 이젠 아니었다. 그는 이제 파셀에 아무런 관심도 없었다. 도대체 이제 와서 파셀이 내한 공연을 왜 하는지도 의문이었다. 게다가 왜 두 장이지? "한 장은 내 표란다." 그리고 아버지는 이렇게 덧붙였다. "그동안 아버지가 미안하구나." 왜 그랬는지 모르겠는데 그때 그는 웃음이 났다. 그렇게 그들은 함께 파셀의 야외 스탠딩 공연에 갔다. 그의 아버지

Korea tour? And why were there two tickets? "One's for me," his father said. "And I'm sorry for how I've been." The boy laughed inexplicably. So the two went to the outdoor standing-room-only Parcel concert. His father prepared a crimson fleece blanket for him. The boy was not cold and he did not feel like wrapping himself in the blanket, but he did it anyway for his father.

The concert was a disaster from the start. It was obvious that Parcel was history. Not one person there thought that Parcel could ever perform live again. Not even his father. His father was disappointed that Parcel's performance did not live up to the hype, but in some way, the boy was still deeply grateful. The boy was certain this would be Parcel's **last** performance, and he thought that it was somewhat meaningful to watch the end of a band he'd once worshipped. And his prediction that this was Parcel's Final Concert—though it's not clear how he will feel about calling it that—was exactly right. Something suddenly exploded under the stage. There was a deafening sound, and then the vocalist soared high into the air before plummeting to the ground. He looked like a rag doll. Instruments flew in every direction, and all hell broke loose. In the front row three onlookers died on the

는 그를 위해 감색 담요를 준비해 왔다. 그는 별로 춥지도 않았고, 그런 걸 걸친다는 게 영 싫었지만, 아버지의 성의를 생각해서 어깨에 걸쳤다.

분명하게 말하자면 그날의 공연은 이미 시작부터 재앙이었다. 파셀이 이미 몰락한 밴드라는 것에는 어떤 부연 설명도 필요 없어 보였다. 아마 거기에 있는 사람들 중 파셀이 다시 공연을 할 수 있으리라 생각하는 사람은 단 한 명도 없었으리라. 심지어, 그의 아버지조차도. 파셀이라는 록 밴드가 명성에 미치지 못하는 연주를 하는 것에 실망했지만, 정작 그는, 그래도, 어떤 면에서 가슴 깊이 감사했다. 그는 그것이 파셀의 **마지막** 공연이 될 거라고 확신했고, 한때나마 열성적으로 좋아했던 밴드가 사라지는 장면을 보는 것이 나름 의미 있다고 생각했다. 그리고 '파셀의 마지막 공연'이라는—그가 이 표현에 대해 어떤 식으로 생각할지 모르겠지만—그의 예언은 완전히 들어맞았다. 갑자기 무대 밑에서 무언가가 터져버린 것이다. 굉음과 함께 무대 위에 있던 보컬이 위로 솟아올랐다가 땅으로 푹 꺼졌다. 마치 플라스틱 인형 같았다. 악기들이 날아다녔고, 콘서트장은 아수라장이 되었다. 그 사건으로 인해 앞쪽에

spot. They were, of course, die-hard Parcel fans. Thirteen were injured. The three who'd died had been standing near the father and son, and the father was one of the thirteen injured. As a result of the injuries he sustained at this concert, the father had to rely on a cane for the rest of his life. The boy, who had been standing right next to his father, was unharmed. Not a single scratch on him. When the father was discharged from the hospital a few weeks later, the boy saw his father limp for the first time. Only then did he remember that he had lost the blanket his father had wrapped him with at the concert.

After the incident, the boy grew even more **average**. He kept to his books and got into a top-to-mid tier college where he studied English lit. In his freshman year, he lived like a typical freshman. He drank every day, maintained adequate class attendance, and hung out with his friends. And like other typical young men, he fell in love as though it was the next thing he had to do. One night when the moon was especially bright, he confessed his feelings to a girl, and she became his first lover. He had his first breathtaking kiss. His friends who saw his girlfriend said, "Are you blind?" Others were more blunt about her unattractiveness. He knew

서 있던 관객 세 사람이 즉사했다. 물론 그들은 파셀의 열성 팬이었다. 그리고 관객 열세 명이 중경상을 입었다. 즉사한 세 명은 모두 그들 부자 근처에 서 있던 사람이었고, 그의 아버지는 중경상을 입은 열세 명 중 한 사람이었다. 그날 입은 부상의 여파로 그의 아버지는 죽을 때까지 지팡이를 짚고 살아야만 했다. 아버지 바로 옆에 서 있었던 그는, 멀쩡했다. 털끝 하나 다치지 않았다. 몇 주 후 아버지가 퇴원하던 날, 그는 아버지가 절뚝거리는 모습을 처음 보았다. 그제야 그는 콘서트장에서 아버지가 자신에게 덮어주었던 담요를 잃어버렸다는 사실을 깨닫게 되었다.

그 후 그는 더욱더 **평범**해졌다. 쥐 죽은 듯이 공부만 했고, 서울에 있는 중상위권 대학의 영문과에 들어갔다. 대학교 1학년, 거의 모든 학생이 그러는 것처럼 그는 매일 술을 마시고, 적당히 수업에 들어가고, 친구들과 어울려 놀았다. 그리고, 다른 청춘들처럼, 그도 당연한 수순처럼 사랑에 빠졌다. 그는 어느 날 밤, 달이 두둥실 뜬 밤에 여자에게 고백을 했고, 그렇게 애인이 생겼다. 숨 막히는 첫 키스도 했다. 친구들은 그의 애인을 보고 말했다. "너 이 자식, 눈이 발에 달렸냐?" 그의 애인에

that his girlfriend was not pretty, and that some more mean-spirited people might even call her ugly, but he liked her, oddly enough. He couldn't help himself. He even thought that he would die if she ever left him. They were together for three years. About a year into his military service, she broke up with him in a letter. He felt like his heart was being ripped apart. One Sunday afternoon in the barracks, he impulsively got out a pen and some paper and began to write a letter. He was going to send it to her. But once he got down to writing it, he did not know what to say. What did I want to say? After a few drafts, he finished the first sentence. After the first sentence, the rest of the letter wrote itself. When he re-read it afterward, he realized that something was wrong. He had a feeling that the intended recipient of the letter was not his ex-girlfriend. Then, who was this letter for? Who do I want to send this letter to?

대해 대놓고 못생겼다고 말하는 친구들도 있었다. 그도 그녀가 예쁘지 않다는 걸, 혹은 더 심하게 말하면 추녀라는 걸 알고 있었지만, 이상하게도 그녀가 좋았다. 그 마음을 어찌할 수가 없었다. 심지어 그녀가 자신을 떠나면 죽을지도 모른다고 생각했다. 그들은 삼 년간 사귀었다. 그가 군대에 간 지 일 년쯤 지났을 때, 그녀는 편지로 이별을 고했다. 그는 마음이 찢어지는 것 같았다. 어느 일요일 낮, 내무반에 있던 그는 충동적으로 종이와 펜을 꺼내 편지를 쓰기 시작했다. 그녀에게 보낼 생각이었다. 그런데 막상 뭔가를 쓰려고 하니 잘 되지 않았다. 내가 무슨 이야기를 하고 싶어 한 걸까? 몇 개의 문장과 씨름한 끝에 그는 결국 첫 문장을 완성했다. 첫 문장을 완성하자 그 뒤의 문장은 술술 나왔다. 그 편지를 다 쓰고 나서 읽어봤을 때, 그는 무언가 잘못되었다는 걸 알았다. 그 편지의 수신인이 그녀가 아니라는 것을 깨달았던 것이다. 그렇다면 이건 누구에게 보내는 편지란 말인가? 나는 이 편지가 누구에게 도착하기를 바란단 말인가?

"이게 그 편지야? 세상에, 참 많이도 썼네?"

"Is this the letter? God, it's long."

She held a wad of paper in her hand. She pulled out a sheet from the bunch and was about to read it out loud when he snatched it out of her hand. He did not succeed at first, and the two struggled comically. They were already quite drunk.

"Where the hell did you find it?"

He sounded upset, but she did not care in the least.

"So this is the letter you never sent to your ugly first girlfriend."

He grabbed the wad of paper, stormed into his room, and slammed the door behind him on purpose. He was likely hiding it some place where she would never find it again.

She yelled at the door, "You don't like me because I'm ugly, do you?"

After a few moments, he emerged from the room. He held her tight. His warm breath and intoxication was palpable on her skin.

"No," he crooned. For a while, they held each other and did not say a word.

"Strange," she said, her arms wrapped around his waist.

"What?"

"That letter."

그녀의 손에는 편지 뭉치가 들려 있었다. 그녀가 그중 하나를 꺼내서 막 소리 내어 읽으려는 찰나, 그가 편지를 낚아챘다. 물론 한 번에 성공하지는 못했고, 둘 다 약간 우스꽝스럽게 버둥거렸다. 그들은 이미 얼큰하게 취한 상태였다.

"이걸 도대체 어디서 찾았어?"

그가 화난 투로 이야기했지만, 그녀는 조금도 개의치 않았다.

"그게 그 못생긴 첫 번째 여자친구에게 보내려다 못 보낸 편지라는 거지?"

그는 편지 뭉치를 챙겨서 방으로 가지고 들어가서는 일부러 문을 쾅 닫았다. 그녀가 다시는 찾지 못할 장소에 편지를 꽁꽁 숨겨두고 있는 것이리라. 방문에 대고 그녀가 큰 소리로 말했다.

"혹시 나도 못생겨서 좋아하는 거야?"

잠시 후 그가 방에서 나왔다. 그는 그녀를 꼭 껴안았다. 뜨거운 입김과 술기운이 그녀에게 고스란히 전달되었다. 그는 아주 낮은 목소리로 속삭였다.

"그럴 리가 있어?"

그들은 잠시 껴안은 채로, 아무 말도 하지 않았다. 잠

"What about it?"

"It said, 'I think it was me who should have died then.'"

After the army, the boy, now a man, studied in Chicago for two years with his father's aid. Studying abroad on a budget made everything a challenge. The summer heat was unbearable—but the real cruelty was the winters. He stayed at the library as late as he could. When he came home, he crawled into his sleeping bag on the floor with his padded jacket still on to save on his heating bill. Each time he exhaled, he could see his breath rush out and dissipate into the air. He sometimes tried to remember his mother's face, but it was no use. Sometimes, he thought about the ex-girlfriend, the ugly one. That reminded him of the first sentence of the last letter she had sent him. During his time abroad, he sometimes went clubbing or met women for a change of pace, but spent nearly all of his time focused on his studies. He wrote letters sometimes. The letters were not about anything important, but most of them contained the line, "I think it was me who should have died then." He

시 후 그의 허리에 양손을 감은 채로 그녀가 말했다.

"이상해."

"뭐가?"

"그 편지."

"왜?"

"'그때, 죽었어야 하는 건 나였던 거 같아요.' 이렇게 적혀 있던걸."

제대를 하고 나서 그는 아버지의 도움을 받아 시카고에서 이 년 정도 유학을 했다. 그다지 넉넉하지 않은 상황에서의 유학이었기 때문에 쉬운 건 아무것도 없었다. 여름의 더위도 견디기 힘들었지만, 진짜로 끔찍한 건 겨울이었다. 그는 아주 늦게까지 학교 도서관에 머물렀다. 집으로 돌아오면 두꺼운 파카를 입은 채로 바닥에 깔아둔 침낭 안에 들어가 잠을 청했다. 난방비를 아끼기 위해서였다. 숨을 쉴 때마다 입김이 나왔다가 곧 공기 중으로 흩어져 버렸다. 가끔 어머니의 얼굴을 기억해 내려고 애써 봤지만, 소용없는 일이었다. 어떤 때는 헤어진 여자—못생긴 여자—를 생각하기도 했다. 그러면, 그녀가 보낸 마지막 편지의 첫 문장이 떠올랐다.

never sent those letters to anyone. He returned to Korea, graduated from college, and went on to graduate school for a degree in translation and interpretation. He found work right out of grad school at the overseas division of a large company, but had to quit due to an unfortunate incident. He was thirty-one then. He started working as a freelance translator and was lucky enough to establish himself quickly in the business and publish his first translation before long. It was a British novel by the title, *Sundays of Fancy*. It was a murder mystery set in a quiet town, and he liked it quite a lot. He was especially fond of the biting repartee between the young couple living in the woods. The second project followed the very next year. He had to translate a Korean novel by the title, *I'm Leaving Liz, Too*, into English. He found the novel tedious. Each time he worked on the book, he had to fight the urge to cut lines or scenes, or even whole characters. He managed not to rewrite the whole book because he knew no amount of revision could salvage *I'm Leaving Liz, Too*.

He dated many women since his return from Chicago, and one progressed into a fairly serious relationship. He liked her so much, he thought he would die if she ever left him. When she expressed

유학 생활을 하는 동안, 그는 가끔 기분 전환을 위해 친구들과 어울려 클럽에 가거나 여자를 만나기도 했지만, 대부분의 시간은 공부에 전념했다. 편지를 쓰기도 했다. 특별한 내용이 있었던 것은 아니다. 다만, 대부분의 편지에는 "그때, 죽었어야 하는 건 나였던 거 같아요"라는 구절이 어떤 식으로든 들어갔고, 그 구절이 들어간 편지는 아무에게도 전달되지 않았다. 한국으로 돌아와 학부 공부를 끝마치고 나서 그는 통번역 대학원에 진학했다. 대학원을 졸업하자마자 그는 곧바로 대기업 해외 사업팀에 들어갔지만 불미스러운 일이 생기는 바람에 회사를 그만두어야만 했다. 그 당시 그는 서른한 살이었다. 그는 프리랜서 번역 일을 시작했는데, 다행히도 꽤 빨리 자리를 잡아서 얼마 되지 않아 첫 번째 번역서를 출판할 수 있었다. 『상상하는 일요일』이라는 제목의 영국 소설이었다. 어느 한적한 마을에서 일어나는 살인 사건을 다룬 소설이었는데, 그는 그 작품이 매우 마음에 들었다. 특히 그 소설에 등장하는, 산속에 사는 젊은 부부가 나누는 촌철살인의 대화를 무척 좋아했다. 두 번째 작업은 이듬해에 곧바로 이루어졌다. 『난, 리즈도 떠날 거야』라는 한국 소설을 영어로 번역하는 일이었

her intention to leave him, he said, "If you leave me, I will die." Not surprisingly, he did not die. After about a week of not dying later, he crept into the house at dawn drunk and was trying not to wake his father when he heard his father's voice in the dark. Was someone with him? But who? No other noises came from his father's room, and the man thought it was a ridiculous thought. But he **was afraid**. Moments later, he heard his father's voice in the dark once again. No one was visiting, so he was not having a conversation with anyone. He was just talking in his sleep. The man snickered. His father was repeating a string of sentences. His words slurred, it was difficult to make out what he was saying. After a few repeats, the man figured them out. "Child, you must stop moving." Or something like "Look only. **Don't** get any **closer**." What was his father dreaming of? His father called his name a few times, so the man assumed the dream was related to him.

Until he died, his father talked in his sleep often. He said more or less the same thing each time. His father passed away when he was struggling with the boredom and torture that was his second translation project, *I'm Leaving Liz, Too*. While everyone had expected the death of his mother, his

다. 그는 그 장편소설이 너무나 재미없고 따분하다고 생각했다. 일을 할 때마다 그는 어떤 대사들을 지우고 싶다거나, 어떤 장면은 완전히 들어내고 싶다거나, 혹은 어떤 인물들은 아예 없애 버리고 싶다거나 하는, 그러니까 한마디로 소설을 완전히 뜯어고치고 싶다는 충동에 시달렸다. 그나마 그가 그 충동을 잘 이겨낼 수 있었던 단 하나의 이유는 그렇게 해봤자, 『난, 리즈도 떠날 거야』가 전혀 구제받지 못할 것이라는 사실 때문이었다.

유학에서 돌아온 후에 그는 여러 여자와 데이트를 했는데, 그중 한 명과는 꽤 심각한 사이로 발전했다. 그는 그녀를 몹시 좋아해서, 그녀가 떠나면 죽을 것 같다고 생각했다. 실제로 그녀가 이별을 통보했을 때, 그는 이렇게 말했다. "당신이 나를 떠나버리면 나는 죽을 거야." 하지만, 너무나 당연하게도 그는 죽지 않았다. 그렇게 그가 죽지 않고 살아간 지 일주일쯤 지난 후의 일이다. 새벽에 술에 취해 집으로 돌아온 그는 아버지가 깨지 않게 살금살금 걸어서 자신의 방 안으로 들어가려고 했다. 그런데 그 순간, 어둠 속에서 아버지의 목소리가 들렸다. 누가 찾아온 걸까? 하지만 누가? 곧 아무런 소리도 들리지 않았고 그는 자신의 생각이 말도 안 된다는

father's death came as a complete surprise. Even the day before he died, he went to work with his cane in tow. A young cop who came to the wake said he respected his father as more than a senior officer, and he ended up staying for the whole three days. After the funeral, the first thing the man did was remove the home of everything his father possessed. But he saved the cane for the young cop. The young cop was not surprised by the offer. He was neither happy nor offended to receive it. The man thought about the cane later, and concluded that the young cop—he was probably no longer young by then—was taking good care of it.

A few years later, the man came across a book about the legendary American actor Babe Ruth. "As everyone knows, Babe Ruth was a baseball player before he made his debut as an actor. He accepted his limitations as a baseball player and quit the game at twenty-five. His cameo appearance in his friend Billy Wilder's romantic comedy, *Another World*, led to a career in film. His oeuvre was not limited to the Billy Wilder films, but extended to the more stylized and solemn such as Louie Vectorman, and later on the great Jean-Jacque Miléneau. Surprising considering his size, Babe's strength was actually his exceptional motormouth. Although he

것을 알아차렸다. 그는 **두려워졌다.** 잠시 후 그는 어둠 속에서 다시 한 번 아버지의 목소리를 들었다. 누가 아버지를 찾아온 것도 아니었고, 그러므로 당연히 아버지가 누군가와 대화를 나누고 있던 것도 아니었다. 아버지는 잠꼬대를 하고 있을 뿐이었다. 그는 피식 웃음이 났다. 아버지는 어떤 문장들을 반복하고 있었다. 발음이 정확하지 않아서 처음에는 그게 무슨 말인지 몰랐다. 하지만 반복해서 듣자, 그게 어떤 문장인지 알 것 같았다. "얘야, 더 이상 움직이면 안 된다." 이런 말을 하기도 했다. "보기만 해야 한단다. 더 이상 **가까이** 가서는 **안 돼.**" 아버지는 어떤 꿈을 꾸고 있는 걸까? 간간이 자신의 이름을 부르는 것으로 봐서는 아마도 자신과 관련된 꿈이리라고 그는 짐작했다.

그의 아버지는 죽을 때까지 종종 그런 식으로 밤에 잠꼬대를 했다. 잠꼬대의 내용은 거의 비슷했다. 그의 아버지는 그가 두 번째 번역 작업을 하던 그 시절, 그러니까 그가『난, 리즈도 떠날 거야』라는 지루한 소설을 번역하며 그 괴로움과 싸우던 시절에 죽었다. 어머니의 죽음이 누구나 예상하고 있던 것이었다면 아버지의 죽음은 누구도 예상하지 못한 것이었다. 아버지는 죽기

transformed himself from a baseball player to an actor, his love for baseball never died. He kept in touch with his friends from his baseball days and sometimes played baseball as a joke, although his play was always sincere. His playful yet focused baseball life continued until he was diagnosed with Parkinson's Disease at fifty-six. For a man who loved to pitch, hit, and run, this was an overwhelming tragedy. But Ruth refused to despair and continued to charm his audience with humorous banter. The audience loved him for it and he became the first and only actor in the history of television to shoot an ad while diagnosed with Parkinson's. The ad was for an electric toothbrush. He was the world's healthiest Parkinson's-afflicted man, although the fates were about to turn on him. At sixty-one, a complication of Parkinson's rendered him aphasic. He would not be able to show off his silver tongue until his death at sixty-three. But that did not mean he never said another word until the day he died. One night, Babe Ruth's wife, Claire, heard her husband's voice. He was talking in his sleep. Hearing his voice for the first time in such a long while, she nearly cried. But she was too shrewd and quick to waste time on tears of joy. She called the family doctor immediately. Ruth, his

전날까지도 지팡이를 짚고 출근을 했다. 장례식 날, 그의 아버지를 직장 상사 이상으로 따랐다는 젊은 경찰이 한 명 와서 사흘 내내 장례식장에 머물렀다. 장례식이 끝난 후, 그가 가장 먼저 한 일은 아버지와 관련된 유품을 몽땅 버리는 일이었다. 하지만 지팡이만은, 아버지를 직장 상사 이상으로 따랐다는 경찰에게 주었다. 젊은 경찰은 당황스러워하지도, 기뻐하지도, 혹은 불쾌해하지도 않았다. 나중에 그는 그 지팡이에 대해서도 생각하게 되었는데, 그 생각의 마지막은 아마도 그 젊은 경찰—비록 그 시점에서는 더 이상 젊지 않겠지만—이 그것을 잘 간직하고 있으리라는 것이었다.

몇 년 후, 그는 미국의 전설적인 영화배우 베이브 루스에 관련된 책을 읽게 된다. "베이브 루스는, 모두 다 알다시피 연예계에 입문하기 전 야구 선수였다. 그는 자신이 그리 훌륭한 야구 선수가 아니라는 점을 인정하고 스물다섯 살 때 야구를 그만두었다. 그리고 자신의 친구였던 빌리 와일더 감독의 로맨틱 코미디 〈다른 세상〉에 단역으로 출연한 것을 계기로 영화계에 발을 들여놓게 되었다. 그 후로 그는 빌리 와일더 감독은 물론이고 루이 벡터맨 같은 진지한 예술영화 감독과도 함께

wife, and the doctor saw a glimmer of hope that night, but Ruth's sudden sleep talk did not lead to any improvement. Babe Ruth's aphasia stayed with him until he died. Words came to him only in the dead of night. He was impelled to complete silence by day, but at night when everyone including Ruth himself was asleep, he would say things without knowledge, things he himself could not make sense of. Ruth was extremely disappointed but Claire was not. She believed that what Ruth said in his sleep every night was more Ruth than anything he had ever said in his life, and she was grateful to be an audience of his true self. She stayed up every night and recorded his sleep talk. And these recordings became the last records of Ruth's life."

When he got to this passage, he realized that he was crying. Then, he understood whom the letters he wrote in the past few years were meant for.

"That letter was for my father," he said, trying to keep control of his speech as the alcohol loosened his tongue.

She tried to unwrap her arms around his waist to see the expression on his face, but he would not

작업을 했고, 나중에는 장 자크 밀레노 감독의 영화에
도 참여하면서 다양한 경력을 쌓았다. 그의 장기는 거
구에 어울리지 않는 속사포 같은 대사였다. 비록 야구
선수에서 영화배우로 변신했지만, 그는 야구에 대한 사
랑을 멈추지 않았다. 그는 선수 시절 친밀하게 지냈던
선수들과 계속해서 교류했고, 장난처럼, 하지만 동시에
진지하게 야구 경기를 하기도 했다. 그 장난스럽고도
진지한 야구 경기는 그가 파킨슨병에 걸린 쉰여섯 살까
지 지속되었다. 공을 던지고 치고 달리는 것을 좋아하
던 그가 파킨슨병에 걸렸다는 것은 엄청난 비극이었다.
하지만 그는 실망하지 않았고 여전히 유머러스한 입담
으로 사람들을 사로잡았다. 그 모습은 사람들의 호감을
샀고, 그는 파킨슨병에 걸린 채로 광고를 찍은 유일무
이한 배우가 되었다. 그건 전동 칫솔 광고였다. 그는 세
상에서 가장 건강한 파킨슨병 환자였지만, 운명은 그가
그런 식으로 삶을 끝낼 수 있는 행운을 주지 않았다. 예
순한 살이 되던 해에 파킨슨병의 합병증으로 실어증이
온 것이다. 그는 예순셋으로 생을 마감할 때까지 사람
들 앞에서 다시는 그 입담을 과시하지 못했다. 하지만
그가 죽을 때까지 한 마디도 하지 못한 것은 아니다. 어

let go. She gave up.

"Nonsense. Why would you write something like that to your father?" she was still in his arms. He did not say anything for a long time. She tried again to wriggle free from his arms.

"Hey. Tell me. Why would you write to your father that you were the one who should have died?"

"I don't know."

"Okay then," she said, a little sullen now. "When was the 'then' you were referring to?"

"Well—"

"Did you ever give this letter to your father?"

"No."

"Why write a letter you're not going to send?" she asked, annoyed.

"I didn't know I was writing it to my father."

"How does that make sense?"

He did not say anything for a while. She sighed softly and patted him gently on the back.

Three years after his father died, the man married. He was at the height of his reputation as a translator, and was able to publish *Merciless Order* thanks to that. It was a collection of essays pub-

느 날 밤, 베이브 루스의 아내인 클레어는 잠결에 남편의 목소리를 들었다. 베이브 루스는 잠꼬대 중이었다. 그녀는 오랜만에 들은 남편의 목소리 때문에 울 뻔했다. 하지만 영리하고 민첩했던 그녀는, 감동의 눈물을 흘리는 행동으로 시간을 낭비하는 대신 당장 주치의를 불렀다. 그들―베이브 루스와 클레어와 주치의―은 그날 밤 희망을 보았지만, 그걸로 끝이었다. 베이브 루스의 실어증은 그가 죽을 때까지 나아지지 않았다. 그에게 말이 허락되는 시간은 오로지 아주 깊은 밤뿐이었다. 그는 낮 동안에는 완전한 침묵을 고수해야만 했지만, 모두가 잠든 시간, 심지어 자기 자신도 잠든 그런 시간에, 자기도 모르는 사이에 자기도 모르는 말을 내뱉곤 했다. 베이브 루스는 몹시 실망했지만, 클레어는 실망하지 않았다. 아니, 오히려 그녀는 베이브 루스가 밤마다 떠드는 잠꼬대가 그가 그 이전에 했던 어떤 말보다도 진실하다고 믿었고, 그런 진실한 이야기를 들을 수 있다는 사실에 감사했다. 그녀는 밤마다 깨어 있었고, 그가 잠꼬대를 하는 것을 녹음해 두었다. 그리고 그것이 바로 베이브 루스의 마지막 인생에 대한 기록이 되었다……." 거기까지 읽었을 때, 그는 문득 자신이 울

lished in foreign magazines that he handpicked and translated. He came up with the title himself. The essays covered a wide range of topics—music, architecture, art, literature, meteorology, and pets. After the book came out, he briefly became something of a celebrity. He appeared on radio shows and received fan letters. The radio DJ said to him, "You're so *funny*. You could be a comedian." He looked at the large diamond necklace on her neck and thought to himself, So could you. She spoke at length about "Romance of a Scientist" from *Merciless Order*, not a favorite of his and, in fact, a reluctant afterthought at the suggestion of his editor who insisted the collection needed something on science. He knew that "Romance of a Scientist" did not feature a single drop of truth. "I would love to visit the Gould triangle some day," she said. He thought she had terrible taste, but discovered a week after the interview that he had been frequently daydreaming about her since.

He discovered while they were dating that her father was an enormously rich man, but he did not feel one way or another about it. He proposed a few months later, and she accepted. Her rich father was inexplicably fond of the man. Everything was smooth sailing. On his wedding night, he looked

고 있다는 사실을 깨달았다. 그리고 그제야 비로소 자신이 지난 몇 년간 써왔던 편지의 주인이 누구인지 알 것만 같았다.

"그건 아버지에게 보내는 편지였어."

그가 혀 꼬부라진 소리로 말했다. 그녀가 그의 표정을 보기 위해 허리에 감은 손을 풀려고 했지만, 그는 그녀를 놔주지 않았다. 그녀는 그에게서 떨어지는 것을 포기하고 여전히 그에게 안긴 채 물었다.

"말도 안 돼. 왜 아버지에게 그런 편지를 썼어?"

그는 한참 동안 아무 말도 하지 않았다. 그를 떼어내려고 애쓰면서 그녀가 되물었다.

"응? 왜 아버지에게 그때 자기가 죽었어야만 한다고 썼어?"

"나도, 모르겠어."

"그럼 편지에 쓰인 '그때'가 언제야?"

그녀가 약간 퉁명스럽게 물었다.

"글쎄."

"아버지한테 편지 준 적 있어?"

"아니."

down at the ring on her ring finger and thought of all the women who had left him. It was a relief to know that he would never wish to die again.

After the wedding, he and his wife had mandatory Friday dinners at their in-laws. When their daughter was born, she joined them. One Friday night, his wife was getting ready and he was waiting with his daughter in his arms. She was putting makeup on. He stood behind his wife at the make-up table and said to his daughter who was not yet one, "Look at Mommy. Look at Mommy." In the mirror he saw his wife winking at their daughter. At that moment, he saw his father limping along with his cane. **What on earth?** His daughter still in his arms, he began to fly about the house. He looked at the furniture his wife replaced every season and every inch of their apartment that was covered in her clothes, bags, and shoes. That night, he woke up in the middle of the night, gathered up all five copies of *Merciless Order* he had laying about their home, and then, on a sudden impulse, burned all of five copies in the front yard. The most serious of the unforeseen consequences was that he lost control of the fire and burned their entire lawn down. After the fire engines had left, he found his wife standing in the middle of the living room

그녀가 한심하다는 듯이 대꾸했다.

"보내지도 않을 편지를 뭐하러 써?"

"아버지한테 보내는 건지 몰랐다니까."

"그게 말이 돼?"

그가 한동안 아무 말도 하지 않자, 그녀는 가볍게 한숨을 쉰 후, 그의 등을 가만히 토닥토닥거렸다.

아버지가 죽고 삼 년 정도 지났을 무렵, 그는 결혼을 했다. 그 당시 번역자로서 그의 명성은 최고조에 있었고 덕분에 『무자비한 질서』도 출간할 수 있었다. 외국 잡지에 실린 산문 중 자신이 좋아하는 글을 직접 골라 번역한 것을 모은 책이었다. 제목도 그가 직접 지었다. 그가 고른 산문의 장르는 다양했다. 음악, 건축, 미술, 문학, 심지어 날씨에 대한 이야기나, 자기 집에서 기르는 개에 대한 이야기도 있었다. 책이 출간된 후 그는 약간 유명세를 얻어서 라디오방송에 출연하기도 했고, 몇 편 안 되지만, 팬레터를 받기도 했다. 라디오 디제이였던 여자는 그에게 이렇게 말했다. "당신 정말 **웃겨요**. 꼭 개그맨 같네요." 그는 그녀의 목에 걸린 커다란 다이아몬드 목걸이를 보고 마음속으로 생각했다. '당신이 더

holding their daughter. "What were you trying to do?" she whispered. "Were you trying to kill us?" she added. "What kind of idiot are you!" They divorced several months later. There was some legal dispute, and he was accused of being an arsonist. He lost custody of his daughter. He was allowed to see his daughter every other weekend. Every other Sunday evening, he dropped her off at her mother's house. The trips on the arterial highway back from the ex-wife's house were always thick with a sense of loss, agony, and some fatigue. About a year after the divorce, she remarried. Rage now accompanied these trips. He did not know where this feeling came from.

That night as he drove, he thought about her new husband. The man picked up his daughter **in front of** him. His daughter had buried her face in his chest and fussed. He thought of the man picking up his daughter and stroking her hair and nape. He patted her on the back and his ex-wife whispered, "Hush, sweetheart... **Stop.**" As he was about to remember a more loaded scene, he saw something that distracted him. Red, round objects floated above a lone building across the brook. He counted them out loud. One, two, three, four... seven. They were oddly orderly. At first, he

개그맨 같은데.' 그녀는 『무자비한 질서』 중 특히 「과학자의 사랑」을 언급했는데, 사실 그는 그 글을 별로 좋아하지 않았다. 「과학자의 사랑」은 과학에 관련된 글도 있으면 좋겠다는 편집자에 의견에 따라 구색 맞추기로 나중에 억지로 끼워 넣은 것이었다. 그는 「과학자의 사랑」에 한 줌의 진실도 포함되어 있지 않다는 걸 알고 있었다. 그녀는 이렇게도 말했다. "언젠가 저도 굴드 트라이앵글―고든 굴드 박사가 발견한 중력의 영향을 받지 않는 공간―에 가고 싶어요." 그는 그녀의 감식안이 엉망진창이라고 생각했지만, 라디오방송에 출연한 지 일주일 정도 지났을 때, 그녀를 자꾸 떠올리고 있는 자신을 발견했다.

연애 중에 그는 그녀의 아버지가 엄청난 부자라는 걸 알게 되었지만, 그 사실에 그가 특별한 감상을 가진 것은 아니다. 몇 달 후 그가 청혼했을 때, 그녀는 기꺼이 그 청혼을 받아들였다. 이유는 모르겠지만, 뜻밖에도 그녀의 부자 아버지는 그를 매우 마음에 들어 했다. 모든 것이 순조로웠다. 결혼식 날 밤, 그녀의 네 번째 손가락에 끼워진 결혼반지를 보면서 그는 이전에 자신을 떠나간 여자들을 떠올렸다. 그리고 앞으로 다시는 죽고

thought they were **hot air balloons**. But he soon realized that they were not tethered to the ground, but suspended in the air on their own accord. There was not even the slightest movement. As he got closer, he saw that they were luminescent disks. He continued looking at them out the corner of his eyes. When the objects were completely out of sight, he was seized with a sudden overwhelming fear. He was dizzy, had trouble breathing, and had begun to shake all over. His grip tightened on the steering wheel.

When he got home, he was soaked in sweat. He had planned to jump in the shower and work on the translation he had been putting off, but he first needed to calm himself. He went out for beer. The late fall evening air was brisk, but there were small groups of people sitting around the picnic tables outside the convenience store enjoying drinks and snacks. Inside the store, he loaded his shopping cart with cans of beer at random. As he passed the town plaza on his way home, a teenage girl and a woman who appeared to be her mother were skipping rope. The moment he passed them by, the rope slipped out of the girl's hand and nearly whipped the man on his left thigh. The girl apologized, but he walked away without acknowledging

싫다는 생각을 할 필요가 없을 거라는 사실 때문에 다행이라고 생각했다.

결혼 후, 그는 금요일 저녁마다 아내와 함께 장인 집에 가서 저녁 식사를 해야만 했다. 딸이 태어난 후에는 딸도 함께였다. 어느 금요일 저녁, 그는 딸아이를 안고 아내의 준비가 끝나기를 기다리고 있었다. 그녀는 화장 중이었다. 그는 그녀의 뒤에 서서 아직 돌도 안 된 딸에게 말했다. "엄마를 봐, 엄마를 봐." 그는 화장대 거울을 통해 그녀가 딸아이를 향해 찡긋 윙크하는 것을 보았다. 그 순간, 그는 지팡이를 짚고 절뚝거리던 아버지를 떠올렸다. 도대체 **왜**? 그는 여전히 딸아이를 안은 채, 자신의 집을 둘러보기 시작했다. 아내가 한 달이 멀다 하고 바꿔 댄 가구들, 집 안 구석구석을 꽉 채운 아내의 옷과 가방과 신발……. 그날 밤, 잠에서 깨어난 그는 충동적으로 자신의 집에 있던 『무자비한 질서』 다섯 권을 모두 모아서 마당으로 가지고 나가 불태웠다. 그가 미처 예상하지 못한 여러 가지 일 중에 가장 심각했던 건, 불길이 번질 수도 있다는 것이었다. 책을 태우던 불은 마당의 잔디를 몽땅 태워 버렸다. 나중에 소방차가 돌아가고 난 후, 아내는 딸을 안고 거실 한가운데에 서 있

her. His head swam with the object he saw earlier on the road. What were they? Other drivers must have seen them. They were too enormous and **overpowering** to miss. How come no one **stopped** to look at it? Why didn't I pull over? Why didn't I? He had a lot of work that needed to be done, but did not get around to any of it. He drank so much he completely forgot to call his daughter. He woke up in the late afternoon the next day and searched the Internet for an article about UFO sightings on the arterial highway. But there were no articles. That night, he went out to buy liquor. The night after that and the one after that and on and on, he bought liquor every night and drank himself to sleep every day.

"Let me go now," she said. He held her even tighter. "I'm going to be sick."

He finally let go of her, and she ran into the bathroom to wretch.

"You're staying, right?"

She shook her head as she emerged from the bathroom.

"Sorry. Period."

었다. 그녀는 그에게 낮은 목소리로 물었다. "도대체 뭘 한 거죠?" 그리고 덧붙였다. "우릴 죽이려고 작정한 건가요? 아주 우스운 짓을 했군요!" 몇 달 후 그들은 이혼했다. 법적 공방이 좀 있었고, 그는 법정에서 방화범 취급을 받았다. 결국 그는 딸의 양육권을 빼앗겼다. 그는 이주일에 한 번씩, 주말에만 딸과 함께 지낼 수 있었다. 일요일 저녁이 되면 딸을 제 엄마가 있는 집으로 데려다줬다. 딸을 제 엄마에게 데려다주고 집으로 돌아오기 위해 간선도로 위를 운전하는 동안 그는 항상 상실감과 괴로움, 그리고 얼마간의 피로감에 젖어 있었다. 그들이 이혼하고 일 년쯤 지났을 때, 그녀는 재혼을 했다. 그리고, 그가 돌아오는 길에 분노가 추가되었다. 그는 그 감정이 어디서 오는지 잘 몰랐다.

그날, 그는 운전을 하는 내내 그녀의 새로운 남편을 떠올리고 있었다. 그 남자는 그가 **보는** 앞에서 딸아이를 안아 들었다. 딸아이는 그 남자의 가슴에 얼굴을 묻고 칭얼거렸다. 그는 딸아이를 안아 들던 그 남자를 떠올렸다. 딸아이의 머리칼을 쓰다듬고, 딸아이의 목덜미를 만지던 그 남자를 떠올렸다. 그 남자는 딸아이의 등을 토닥토닥거렸고, 전처는 낮은 목소리로 말했다. "쉿,

"It's okay. I just want you to lie beside me."

She laughed out loud.

A while later, they lay side by side on the bed. No light trickled into the room; it was pitch dark. The wind roared outside. When had that begun? It was windless until just now. The draft from the living room window left open swung the door left ajar. It seemed they were both sober now, and his mind was growing increasingly clear.

"Is there a hurricane approaching?" she asked.

"Did you hear anything about it?"

"No."

"I should close the window. The wind is chilly. You'll catch cold."

He went out into the living room and closed the balcony window tight. She lay comfortably in the bed and listened to the sound of the window being closed. A sudden weariness came over her. He returned to the room, closed the door behind him, and lay down next to her.

"The wind reminds me of something. Are you sleepy?"

"No." She was very sleepy but did not want to disappoint him.

He started talking about the ill-fated trip he took with his father after his mother's funeral.

아가, 그러면 **안 돼**." 그는 곧이어 더 중요하다고 생각하는 장면을 떠올렸지만, 금방 잊어버리고 말았다. 그 순간, 그는 무언가를 보았던 것이다. 하천 건너편에 홀로 서 있는 건물 위였다. 거기에 붉고 둥근 물체가 떠 있었다. 그는 소리 내어 그 물체의 숫자를 세었다. 하나, 둘, 셋, 넷…… 일곱. 묘하게 질서 정연한 모습이었다. 처음에는 **애드벌룬**이라고 생각했다. 하지만 그는 곧 깨달았는데, 그것은 실에 연결되어서 공중으로 날아가지 못하는 것이 아니라, 거기에 자신의 의지로, 스스로 떠 있는 것이었다. 미동도 없었다. 거리가 더 가까워지자 그는 그것들이 아래위가 납작한 접시 모양의 발광체라는 것을 알아차릴 수 있었다. 그는 곁눈질로 그것을 계속 쳐다보았다. 마침내 그 물체가 시야에서 완전히 사라졌을 때, 그는 예상치 못한 엄청난 두려움에 휩싸였다. 숨 쉬기가 어려웠고 현기증이 났으며 온몸이 덜덜 떨렸다. 그는 두 손으로 핸들을 꽉 잡았다.

집에 도착했을 때, 그는 온몸이 땀투성이라는 것을 알았다. 우선 샤워를 한 다음 그간 밀린 번역 작업을 할 생각이었지만, 그는 먼저 자기 자신을 안정시킬 필요성을 느꼈다. 그는 맥주를 사러 나갔다. 늦가을 밤의 공기는

"The rain wouldn't stop. It wasn't just the rain. There was wind and thunder. I was scared. I was only a child. Now, things like that don't scare me. I'm not afraid of anything. Nothing."

She didn't respond.

"Are you sleeping?" he asked, a little nervous.

"No."

"I think I suggested it. I asked if we could go hang out at the groundskeeper couple's place. He took me there. But the husband was out and it was just the lady by herself. Anyway, she was very happy to see us. She made us a killer meal. She was little plain but very animated and told us a lot of stories. In fact, she wouldn't stop talking. And then at the end of the meal, she suddenly asked if we wanted to know where her husband was. So Father asked him where he was, just to be polite. And you know what she said?"

"What?"

"She said a UFO took him the night before. I told you how it rained and there was thunder and lightning the night before. According to her, the UFO landed by the lake and her husband got on the UFO and then he chose to go to Titan. You know, one of the satellites of Saturn. She said he'd abandoned her. And then, out of nowhere, she grabbed

차가웠지만, 편의점 앞 간이 테이블에는 많은 사람들이 삼삼오오 모여서 맥주나 음료수, 과자를 먹으며 떠들고 있었다. 그는 편의점에 있는 맥주를 손에 잡히는 대로 장바구니에 집어넣었다. 집으로 오는 길에 그가 지나쳐 온 마을 광장에는 중학생 여자애와 엄마로 보이는 여자가 함께 줄넘기를 하고 있었다. 그가 그들을 지나가던 순간, 여자애가 그만 줄을 놓쳤고 하마터면 그 줄의 손잡이 부분이 그의 왼쪽 허벅지를 때릴 뻔했다. 여자애가 사과했지만 그는 아무런 대답도 하지 않고 그냥 지나쳤다. 그의 머릿속은 운전을 하면서 보았던 그 물체로 꽉 차 있었다. 그건 뭐였을까? 분명 다른 차도 그걸 보았겠지. 너무나도 거대하고 **압도적**이었으니까. 하지만 왜 그걸 보려고 **멈춘** 차가 단 한 대도 없었을까? 나는 왜 그냥 지나쳤을까? 나는 왜……. 그날 저녁에 해야 할 작업이 쌓여 있었지만, 그는 하나도 하지 못했다. 그는 술을 너무 많이 마셔서 딸아이에게 전화를 하는 것도 완전히 잊어버렸다. 다음 날 오후 늦은 시간에 깨어난 그는 일어나자마자 인터넷 기사를 뒤졌다. 혹시 간선도로에서 유에프오를 봤다는 기사가 뜨지 않을까 해서였다. 하지만 그런 기사 같은 건 아무 데도 없었다.

my father and started to cry. She kept saying, Take me, too. Isn't that strange? Take her where? To the UFO? To Titan? Are you asleep?"

"No. Keep going."

"Father felt uneasy. Or maybe he was angry? I don't know. Maybe he was angry. We packed our things and came straight home. We were supposed to stay a few more days, but Father said we should leave. The whole drive back, he didn't say another word."

The woman who had been quietly listening began to chuckle softly.

"What?"

"That's a movie."

"Really?"

"I've seen something like that before."

"You're saying I'm making this up?"

In lieu of an answer, she pushed one arm under his waist and the other around his stomach to give him a good squeeze.

"That's not what I mean." She nuzzled his shoulder.

"You think she was crazy?"

"What?"

"If a UFO came and I got on and left, how would you feel?"

그날 밤, 그는 술을 사러 나갔다. 그다음 날 밤에도, 그다음 날 밤에도, 그다음 날 밤에도…… 그는 매일매일 술을 사 와서 마셨고, 매일매일 술에 취해 있었다.

"이제 그만 놓아줘."

그녀가 말했다. 하지만 그는 그녀를 더 꽉 안았다.

"토할 거 같단 말이야."

마침내 그가 그녀를 놓아주었고, 그녀는 화장실로 뛰어 들어가 음식을 게워 냈다.

"자고 갈 거지?"

화장실에서 나오며 입을 닦던 그녀가 고개를 절레절레 흔들었다.

"미안, 나 생리라서."

"괜찮아. 그냥 내 옆에 누워 있기만 하면 되는걸."

그녀가 하하, 소리 내어 웃었다.

잠시 후 그들은 침대 위에 함께 누워 있었다. 빛이 하나도 새어 들어오지 않았기 때문에 방 안은 완전한 어둠이었다. 밖에는 바람이 엄청나게 불고 있었다. 언제부터였을까? 방금 전까지만 해도 바람 한 점 없었는데. 열어 놓은 거실 창문으로 바람이 들이쳐 오는 바람에

"This is strange."

"What is?"

"I keep feeling like there's a draft blowing in from somewhere," she said, burrowing into his chest. Feeling her hair tickle his face, he thought about the past few years. He no longer translated. His last project had been a year ago. Some title he'd long since forgotten. It contained the word "sun" or "sunlight" or "capital" or something like that. A few days after he turned his draft in, he got a call from the head of the publishing house herself. "We can't find a way to work with this. This isn't what we expected." He couldn't recall the last time he had seen his daughter. He tried to remember himself a year ago. It was only a year ago, but it seemed so long ago, as though it was someone else's life. As if no such thing had ever **actually** happened.

"There's wind coming in from somewhere," she murmured. "I'm cold. Go see if there're any doors or windows open."

He shut the door tight behind him and went into the living room. Empty bottles were rolling about on the dining table and living room floor. Instant food wrappers and half-eaten food were strewn about the room. Wind was coming in from somewhere. He looked for a crack in the window. They

살짝 열어 놓은 방문이 닫혔다 열렸다 했다. 둘 다 술은 이미 깬 것 같았고, 심지어 그는 정신이 점점 맑아지는 기분이었다.

"태풍이 올 건가?"

그녀가 물었다.

"그런 예보 들었어?"

"아니."

"밖에 창문 닫아야 할 거 같아. 바람이 차. 감기 걸리겠어."

그는 거실로 나가서 베란다 창문을 꽉 닫았다. 그녀는 편안히 누운 채로 창문 닫는 소리를 들었다. 갑자기 몹시 피곤해졌다. 방으로 들어온 그가 방문을 닫았고, 그녀의 옆자리에 누웠다.

"이렇게 바람이 많이 부니까 생각나는 일이 있어. 졸려?"

그녀는 몹시 졸렸지만 그를 실망시키고 싶지 않았다.

"아니."

그는 어머니의 장례식을 치르고 나서 며칠 후에 아버지와 함께 떠났던, 그 불운했던 여행에 대해 이야기하기 시작했다.

were all tightly shut—the front door, the large door of the veranda, and the tiny kitchen window. He carefully opened the kitchen window and looked out. Cold wind rushed in and ruffled his hair. His apartment was on the sixth and top floor of the building. He noticed that the alley below was very dark that day. For some reason, the streetlights had all gone out. The alley was as quiet as the dead and a black plastic bag floated in the wind. He closed the window and straightened his hair. No matter how much he thought about it, there was nowhere in the house the wind could be coming from. But wind was coming in from somewhere. He finally found the source of the draft. He went into the room where he kept the letter he'd snatched out of her hands.

"Aw, damnit." The curtains made a racket as they flapped in the rush of wind and the letter scattered about the room. **Who**'d left the window open? He went to the open window.

And then, he saw it.

In the distance, a disk-shaped object hung in the air. Was it a hot air balloon? Without any explanation, he knew that the object suspended far away was the very one he saw on the arterial highway, the night he was returning home from dropping off

"……비는 그치지 않았어. 비만 내린 게 아니야. 지금 처럼 바람도 엄청 불었고, 천둥 번개가 쳤어. 무서울 정 도였어. 난 어린아이에 불과했으니까. 지금은 여간해서 그런 일로 무서워하지 않지. 난 아무것도 두렵지 않단 말이야. 아무것도."

그녀가 아무런 대답도 하지 않자, 그가 약간 불안한 듯 물었다.

"자?"

"아니."

"아마도 내가 아버지에게 이야기했던 거 같아. 관리인 부부네 집에 가서 놀면 안 되냐고. 아버지는 나를 데리 고 그 관리인 집으로 갔어. 그런데 남편은 없고 부인 혼 자만 있더라고. 어쨌든 아주머니는 우리를 굉장히 반가 워해 줬어. 끝내주게 맛있는 식사도 대접해 줬지. 아주 머니는 조금 못생긴 여자였지만, 아주 쾌활해서 많은 이야기를 해줬어. 사실 끝도 없이 이야기를 해댔지. 그 런데 식사가 거의 끝나갈 무렵, 갑자기 우리 아버지에 게 자기 남편이 어디 갔는지 알고 싶지 않냐고 묻더라 고. 그래서 아버지는 예의상 부군은 어디 가셨냐고 물 었어. 그랬더니 그 아주머니가 뭐라고 했는지 알아?"

his daughter for the last time. But the object wasn't glowing red as had been before, and there were not seven of them this time. There was only one. He had the sudden impression that the object was floating above the world like an immutable eye, forever defying gravity and gazing down on us. Us? *Us?* Don't be ridiculous. It was looking down on him. That thing was **his**.

He left the room, closing the door as quietly as possible, and walked towards the front door. Without any hesitation, he went out the front door and slowly made his way down the stairs. He was barefoot and he felt the cold of the ground on his feet, but he rather liked it. That thing will take me to another world, he thought. In this other world, I won't lose the people I love as I have. Mother will still be alive. Father won't limp. In this world... I won't lose my fleece blanket. In this world there won't be shitty writing like "Romance of a Scientist" or *I'm Leaving Liz, Too*. Certainly Babe Ruth won't become a mute in that world. Yes. Certainly, he'll spend his entire life playing baseball. As the truly amazing baseball player he was. And... he continued thinking these thoughts.

In that world, I would have died at the Parcel concert.

"뭐라고 했는데?"

"전날 밤에 유에프오가 자기 남편을 데리고 갔다는
거야. 아까 말했잖아. 전날 밤에 비가 쏟아졌고, 천둥 번
개도 엄청났다고. 그 여자 말로는 유에프오가 호숫가로
내려왔고, 자기 남편이 유에프오를 타고 타이탄—타이
탄 알지? 토성의 위성 말이야.—으로 가는 걸 선택했다
는 거야. 남편이 자기를 버렸다고. 그렇게 말하더니 갑
자기 우리 아버지를 붙잡고 울기 시작했어. 그리고 아
버지에게 말했어. 자기도 데려가 달라고. 웃기지? 자기
를 어디로 데리고 가달라는 거야? 유에프오로? 타이탄
으로? 자?"

"아니, 계속 이야기해 봐."

"아버지는 불쾌해했어. 아닌가, 화가 났을까? 모르겠
어. 그랬던 거 같아. 우리는 그 길로 짐을 싸서 집으로
돌아왔어. 며칠 더 머물기로 되어 있었지만, 아버지는
그냥 떠나자고 했어. 운전하는 내내 아버지는 한 마디
도 하지 않았어."

잠자코 그의 이야기를 듣고 있던 그녀가 나지막이 키
득거렸다.

"왜?"

I should have died then.

Only then did he know what he had so wished for all those years. He had been waiting for that UFO. Since long ago. Since a very long time ago, perhaps before he'd even begun to exist in this world. Before the birth of the universe. He continued to walk. The wind was blowing straight at him, so each step took a great deal of effort. He believed that these steps were taking him away from his past life, from an entirely wasted life. Steps that were removing him from a life that was pre-ordained and out of his control—a life without grave transgressions but of sins connected by lines. The object floated there and called to him. He got closer and closer to it, and finally reached the spot directly below it. It was above the town square where the mother and daughter were skipping rope. He looked up. Then, as though the UFO had been awaiting this cue, a staggeringly blinding light poured out of it as it descended. It landed twenty paces away from the man. Try as he might, he could not help but close his eyes. Moments later, when he opened his eyes to take his twentieth step, he heard a voice. "Child, you must stop moving. Just look. You mustn't touch. Don't get any closer." He knew at the back of his mind that this

"그거, 영화잖아."

"뭐?"

"나 그런 비슷한 영화를 본 적이 있는데."

"그러니까, 내 말이 지어낸 이야기다?"

그녀는 대답하는 대신 그의 허리 밑으로 한 손을 밀어 넣고, 다른 손은 배 위를 둘러서 그를 꼭 껴안았다.

"아니, 그런 게 아니라."

그녀는 그의 어깨에 얼굴을 묻었다.

"그 여자가 미쳤다고 생각해?"

"뭐가?"

"유에프오가 온다면, 그래서 내가 그걸 타고 떠나가면 어떨 거 같아?"

"이상해."

"뭐가?"

"자꾸 어디서 바람이 들어오는 것 같아."

그녀가 그의 품속으로 파고들면서 말했다. 그는 그녀의 머리카락이 자신의 얼굴을 간질이는 것을 느끼며 지난 몇 년간에 대해 생각해 보았다. 그는 이제 더 이상 번역 일을 하지 않았다. 마지막 작업은 일 년 전이었다. 그는 그 책 제목도 이제 기억하지 못했다. 무슨 '태양'이니,

was a voice he had heard many times before in the past. Whose voice was it? Where had he heard it? It was his father's sleep talk.

"Did you close all the windows?" She asked, half asleep, when he lay down next to her.

"Yes."

"Really windy out there, isn't it?"

"Yes. Go to sleep," he said warmly and embraced her.

"Hey, I was thinking," she mumbled in her sleep. He waited for her to continue, but she remained silent for a long while.

"Are you sleeping?"

"No."

"You were thinking?"

"You," she said in a clearer voice. "You're trying to break up with me, aren't you?"

He hesitated, not knowing what to say. "Why would you think that?"

"Don't give me that. I know what you're up to," she said. But instead of shaking him off, she nestled deeper in his arms.

"Promise me one thing, will you?"

'햇살'이니, '자본'이니 그런 단어나 혹은 그 비슷한 단어가 들어가는 제목이었다. 번역을 끝낸 원고를 출판사에 보내고 며칠이 지났을 때 출판사 사장이 직접 그에게 전화를 걸었다. "도무지 이걸 쓸 수가 없어요. 이런 걸 기대한 건 아니었는데……." 딸아이를 마지막으로 본 게 언제인지 기억도 나지 않았다. 그는 일 년 전의 자신을 떠올려 보려고 애썼다. 불과 일 년 전 일일 뿐인데, 아주 오래전인 것처럼 느껴져서 그 모든 것이 마치 남의 기억처럼 여겨졌다. 한 번도 그런 일이 **진짜로** 일어난 적이 없었던 것처럼.

"어디선가 바람이 들어와."

그녀가 중얼거렸다.

"추워. 밖에 문 열어놓은 곳 없나 봐봐."

그는 방문을 꼭 닫고 거실로 나갔다. 부엌의 식탁 위와 거실 바닥에는 그들이 마신 술병이 나뒹굴고 있고, 인스턴트 통조림과 음식이 쓰레기처럼 아무렇게나 버려져 있었다. 분명 어디선가 바람이 들어오고 있었다. 그는 창문이 열린 곳이 있나 살펴보았다. 하지만 문은 모두 꼭 닫혀 있었다. 현관문도, 베란다의 커다란 창문도, 부엌의 간이 창문도 닫혀 있었다. 그는 부엌의 간

"What?"

"If you're born again, in another world... That is, in that other world—will you love only me?"

His heart ached badly, but he held her even closer and replied, "I promise to love only you."

The next morning, he woke up to find himself alone. There was no one by his side. He had a terrible hangover and headache. He went into the kitchen and took two aspirins. He opened the kitchen window and looked out. The summer morning sun was already hot. There was not a hint of wind. An alley cat resting in the shade ran from a passerby. All traces of the previous day in the living room and kitchen had been wiped clean. Spotless. He stood in the middle of it all for a while. It sunk in that he was now truly, completely alone. He thought he felt reborn, but that was a ridiculous thought. He opened the window in the small room. The window had been shut and curtains were tidily draped over it. That room was also very clean. He came back to the living room and paced for a while like someone on the verge of something. He went back into the room. As he looked at his bed where

이 창문을 살짝 열고 밖을 내다보았다. 순간적으로 차가운 바람이 훅 들어와서 그의 앞머리가 헝클어졌다. 그가 사는 곳은 연립주택의 육 층, 꼭대기였다. 그는 그날따라 골목이 몹시 어둡다는 것을 알아차렸다. 어찌된 일인지 가로등이 모두 다 꺼져 있었다. 골목은 쥐 죽은 듯이 조용했고, 검은 비닐봉지 하나가 바람을 타고 이리저리 공중에 떠다니고 있었다. 그는 창문을 닫고 앞머리를 매만졌다. 아무리 생각해도 바람이 들어올 곳이 없었다. 하지만 어디선가 바람이 새어 들어오고 있었다. 결국 그는 바람의 진원지를 찾았다. 그는 아까 그녀에게서 뺏은 편지를 보관해 둔 작은방으로 들어갔다.

"아, 이런."

창문 커튼이 요란한 소리를 내며 펄럭거렸고, 편지가 바람에 날려 방바닥에 마구 흩어져 있었다. **누가** 창문을 열어놓은 거지? 그는 열린 창문 쪽으로 다가갔다.

그때, 그는 보았다.

저 멀리, 공중에 접시 모양의 물체가 떠 있었다. 애드벌룬인가? 그는 아무런 설명도 필요 없이, 저 멀리 떠 있는 것이 딸을 마지막으로 데려다 주었던 날 간선도로에서 보았던 바로 그 물체라는 것을 깨달았다. 하지만

he'd been lying until just now, at the crumpled pil-
low and the cheap bedding, he suddenly remem-
bered his father's words. "We were lucky." He fi-
nally understood exactly what he meant, and
sympathized with it deep in his heart.

Translated by Jamie Chang

그 물체는 그때처럼 붉은빛을 발하지도 않았고, 일곱 개도 아니었다. 그건 단 하나였다. 그는 그것이 마치, 하나의 눈(眼)으로 이 세상 위에 묵직하게 떠서 움직이지도 않고, 영원히 중력을 거스른 채로 그 자리에서 우리를 응시하고 있는 것 같다고 생각했다. 우리? 우리라고? 정말 우습구나. 아냐, 저건 나만을 위한 거야. 저건 **내 거야.**

　그는 최대한 조용히 방문을 닫고 나와서 현관 쪽으로 걸어갔다. 그리고 아무런 망설임도 없이 현관문을 열고 계단을 천천히 걸어 내려가기 시작했다. 맨발이었고, 차가운 땅의 감촉이 느껴졌지만, 오히려 그게 좋았다. 저게 나를 다른 세상으로 데려가 줄 거야. 그는 생각했다. 다른 세상에서 나는 그런 식으로 사랑하는 사람들을 잃지 않을 거야. 어머니는 아직까지 살아 계시겠지. 아버지가 다리 병신이 되지도 않을 테고, 그 세상에서…… 나는 담요를 잃어버리지도 않을 거야. 그 세상에는 「과학자의 사랑」이니, 『난, 리즈도 떠날 거야』 같은 거지 같은 글이 존재하지도 않을 거야. 분명히, 그 세상에서 베이브 루스는 벙어리가 되지 않을 거야. 그래, 분명히, 그는 야구 선수로 일생을 살아갈 거야. 정말 위대한 야구 선수 말이야. 그리고…… 그는 생각했다.

그 세상에서 나는 파셀의 콘서트에서 이미 죽었을 거다.

나는 그때 죽었어야 해.

그는 그제야, 자신이 그토록 간절하게 바라온 것이 무엇인지 알 것만 같았다. 그는 오래전부터 저 유에프오를 기다려왔던 것이다. 아주 오래전부터, 아주아주 오래전부터, 어쩌면 그가 이 세상에 존재하기도 전부터. 어쩌면 이 우주가 탄생하기도 전부터. 그는 계속 앞으로 걸었다. 바람이 그의 정면에서 불어왔기 때문에 그가 한 걸음 한 걸음 내딛는 데는 많은 노력이 필요했다. 그는 그것이 지난 인생에서, 잘못된 인생 전체에서 벗어나는 걸음이라고 생각했다. 특별한 잘못을 저지르지 않았는데도, 이미 이런 식으로 계획되어 있어서 어떤 식으로도 제어할 수 없었던, 죄로 점철되었던 그 인생에서 비로소 벗어나는 걸음이라고 말이다. 그 물체는 그렇게 거기에 떠서 자신을 부르고 있었다. 그는 그것에 점점 가까워져 갔고 마침내 바로 아래까지 다다를 수 있었다. 그곳은 줄넘기를 하는 모녀가 있던 마을 광장이었다. 그는 고개를 들어 위를 쳐다보았다. 그러자, 마치 그를 기다리기라도 했다는 듯이 유에프오가 엄청난 빛을 쏟아내며 하강하기 시작했다. 유에프오는 스무 걸음 정도 떨어진 장소에 착륙했다. 눈이 부셔서, 그는 자신도 모르게 눈을 꼭 감았다. 잠시 후, 마지막 스무 걸음을 걷기 위해 눈을 뜨려고 했을 때, 그는 목소리를 들었다. "애야, 더 이상 움직이지 말거라. 보기만 해야 한단다. 너는 그걸 만져서는 안 돼. 더 가까이 가서는 안 돼." 그는 그게 과거에 숱하게 들어왔던 목소리라는 걸 어렴풋이 알 것 같았다. 누구의 목소리인가? 어디서 들었던 이야기지? 그는 곧 깨달았는데, 그건 바로 아버지의 잠꼬대였다.

"창문 다 닫았어?"

그가 그녀의 옆에 눕자, 그녀가 자다 깬 목소리로 물었다.

"응."

"바람이 많이 불지?"

"그래. 얼른 자."

그는 그녀를 끌어안으며 자상하게 말했다.

"있지, 내가 생각해 봤는데."

그녀가 여전히 잠에 취해 웅얼거렸다. 그는 그녀의 다

음 말을 기다렸다. 하지만 아무리 기다려도 그녀는 다음 말을 하지 않았다.

"잠든 거야?"

"아니."

"뭘 생각해 봤는데?"

그녀가 아까보다는 조금 또렷해진 목소리로 물었다.

"있지, 당신, 나랑 헤어지려고 하는 거지?"

그는 뭐라고 대답해야 할지 몰라 머뭇거렸다.

"왜 그런 생각을 해?"

"됐어. 다 알아."

그녀가 말했다. 하지만 그녀는 자신을 안은 그를 뿌리치거나 하지 않았고, 오히려 그의 품속으로 더 파고들었다.

"있잖아. 약속 하나만 해줄래?"

"뭔데?"

"다음 세상에 태어나면, 그러니까 다른 세상에서는 나만 사랑해 줄래?"

그는 가슴이 무척 아팠지만 그녀를 더 꼭 끌어안은 후 대답했다.

"그래, 너만 사랑할게."

다음 날 아침, 잠에서 깼을 때 그는 자신의 곁에 아무도 없다는 걸 깨달았다. 그의 옆자리는 비어 있었다. 숙취 때문에 머리가 깨질 것 같았기 때문에 그는 우선 부엌으로 가서 아스피린 두 알을 먹었다. 그리고 부엌의 간이 창문을 열고 거리를 내다보았다. 여름 아침의 햇살이 벌써 뜨거웠다. 바람 한 점 없었다. 길고양이가 그늘에 앉아 쉬고 있다가 지나가는 남자를 피해 도망가는 것이 보였다. 거실과 부엌에는 전날의 흔적이 말끔하게 지워져 있었다. 아주 깨끗했다. 그는 잠시 동안 거기에 우두커니 서 있었다. 진짜로 완전히 혼자가 되었다는 걸 실감할 수 있을 것 같았다. 그는 다시 태어난 것 같다고 생각했지만, 그건 정말 웃기는 생각이었다. 그는 작은방의 문을 열어 보았다. 창문은 굳게 닫혀 있었고, 그 위에 커튼이 가지런히 드리워 있었다. 역시 아주 깔끔하게 정돈되어 있었다. 그는 거실로 나와 한동안 서성거렸다. 마치 무언가를 망설이는 사람처럼. 그는 다시 방 안으로 들어갔다. 그리고 거기에서 자신의 침대를, 자신이 방금까지 누워 있었던 흔적들—이를테면 흐트러진 베개와 구겨져 있는 싸구려 이불 같은 것들—을 보았을 때, 그는 문득, 갑자기 아버지의 그 말이 생각났다. "운이 좋았다." 그는 아버지가 했던 말이 뜻하는 바를 그제야 정확하게 알 것 같았고, 그 말에 가슴 깊이 공감할 수 있을 것 같았다.

창작노트
Writer's Note

처음에 나는 딸을 잃어버린 남자에 대해 쓸 생각이었다. 마치 연극처럼 거의 고정된 장소에서 비교적 짧은 시간 동안 두 남녀가 나누는 대화로 이루어진 소설을 생각하고 있었고, 나는 이 소설이 굉장히 비밀스러운 분위기를 풍기기를 바랐다. 도움을 받기 위해 헤롤드 핀터의 몇몇 작품도 읽었다. 헤롤드 핀터의 작품은 물론 무척 훌륭했지만, 불행하게도 내 소설에는 그다지 큰 영향을 끼치지 못했다. 소설은 별로 진전이 없었고 무척 초조함을 느끼던 즈음, 우연히 친한 친구에게서 재미있는 이야기를 하나 들었다. 자신이 몇 달 전 유에 프오를 봤다는 것이었다. 그의 말에 따르면, 어느 날 밤

I was going to write a story about a man who has lost his daughter. Its scope would be tight, like a play—one setting, a relatively short time span, and made up mostly of conversation between a man and a woman. I hoped to evoke a very mysterious atmosphere. I read some Pinter for guidance. Pinter was, of course, wonderful, but unfortunately had negligible influence on my story. I grew anxious as the story remained at a standstill until one day, a close friend related an interesting tale. He said he had seen a UFO a few months ago. According to him, he happened to look up while he was driving down the Eastern Arterial at night and saw seven round objects floating in the sky. At first, he

동부 간선 도로를 운전하고 있던 그는, 무심코 시선을 준 하늘에 일곱 개의 둥근 물체가 떠 있는 것을 봤다. 처음에 그는 그게 일곱 개의 애드벌룬이라고 생각했다. 하지만 가까이서 보니 그건 애드벌룬이 아니라, 아주 빠른 속도로 회전하고 있는 타원형의 물체였다. 그는 순간 그게 유에프오라는 사실을 깨달았다고 했다. 나는 그의 이야기를 믿지 않았다. 그게 유에프오였다면 그곳을 달리고 있던 다른 많은 운전자들이 그것을 못 봤을 리가 없다. 분명히 공론화되었거나 인터넷 어디 게시판에 어설픈 후기나 사진이라도 올랐을 터인데 그런 건 본 적도 없었기 때문이었다. 그는 자신도 그게 유에프오라고 굳게 믿고 있었던 것도 아니고 그런 사실을 주장하고 싶은 것도 아니라고 말했다. 게다가 자신도 몇 달 동안 그 사실을 잊어버리고 있었다고 대답했다. 그런데, 그는 며칠 전 유에프오가 나온 꿈을 꾸었고, 새삼스럽게 그날이 떠올랐다는 것이다. 꿈에서, 그는 운동장 한가운데에 착륙해 있는 유에프오를 봤고, 거기서 쏟아지던 그 숨막히던 빛이 잊혀지지 않는다고 했다. 그는 꿈 이야기를 계속 했지만, 나는 그 뒷 이야기는 거의 듣고 있지 않았던 것 같다(지금도 그가 이야기했던 그 꿈

thought they were seven hot air balloons. But as he got closer, he noticed that they were elliptical discs rotating at high speed. It suddenly occurred to him that he was looking at UFOs. I did not believe his story. If they were UFOs, countless other drivers would have spotted them, too. The story would have been made public, or at least someone would have posted pictures or eyewitness accounts of them online, but nothing had turned up. My friend himself was not under the firm belief that he had seen a UFO, and said he did not mean to imply as much. For months, even he had forgotten altogether about whatever they were until he had a dream about a UFO a few days prior to telling me, and then he was reminded of the incident once again. In his dream, a UFO had landed in the middle of schoolyard and my friend could not forget the breathtaking light that poured out of it. He went on about the dream, but I don't suppose I was listening. (Even now as I try to remember, I don't recall how that dream concluded.) However, two images came to me at that moment. One was a man driving home alone in his car thinking he has lost his daughter forever, and another was of a man returning home in the wee hours and opening the front door after having seen a UFO. And so this

의 결말은 전혀 기억나지 않는다). 다만, 그 순간 나에게는 두 가지 이미지가 떠올랐는데 하나는 딸을 영영 잃어버렸다고 생각한 남자가 집으로 혼자 돌아가기 위해 운전을 하는 장면이었고, 다른 한 가지는 새벽에 유에프오를 보고 온 남자가 집으로 돌아와 문을 여는 장면이었다. 그렇게 이 소설은 시작되었다.

「담요」로 등단한 2011년 이후, 나는 몇 편의 단편 소설을 썼다. 기회가 있을 때마다 말하는 사실이지만 한 작품을 마칠 때마다 내가 느끼는 것은 기쁨이나 성취감보다는 불안감에 가까웠다. 작품을 하나 쓸 때마다 나는 나 자신을 쥐어짜는 느낌을 생생하게 받았다. 무언가를 '쓴다'라는 느낌보다는 억지로 무언가를 만든다는 느낌이었다. 나는 늘 바싹바싹 마르는 기분이었다. 계속 이런 식으로—쥐어짜는 식으로—작품을 쓸 수 있을까? 지금이 바로 그 마지막 한 방울이 아닐까? 바로 다음 작품을 기약할 엄두가 나지 않았다. 겨우 2년차에 이 모양인데, 어떻게 5년, 혹은 10년—차마 더 이상의 긴 시간은 언급도 못 하겠다—동안 소설을 쓸 수 있을까라는 자괴감과 그토록 오랜 시간 동안 작품을 써온

story was born.

Since my debut with "Blanket" in 2011, I've written a handful of short stories. I say this every chance I get, but the feeling that's overtaken me after writing each of those stories wasn't one of joy or accomplishment—but anxiety. I had the vivid feeling that I was wringing something out of me each time I wrote one. It was a feeling of forcing something together rather than writing. I felt chronically arid. Could I go on writing like this, like I was squeezing something out of myself? What if, this time, this was the last drop in me? I didn't dare think of future projects. I wondered if I could write for five, ten years (I don't dare picture my writing career beyond ten years) when a mere two years left me in that deplorable state. I felt nothing but a mess of shame for myself, awe for writers who'd written for decades, and jealousy towards fellow writers who complained they had more stories in them than they knew what to do with. I was just plain afraid to write. Starting another story meant jumping into a vast pit of fear and anxiety without a safety net. I'd always separated myself completely from my stories, never once emotionally connecting with my characters, and taking ridiculously long to write even one. Always, I always struggled with the fear

작가에 대한 경외감, 그리고 쓰고 싶은 이야기가 많아서 탈이라는 작가 친구들에 대한 질투심이 내 안에서 복잡하게 뒤섞였다. 작품을 쓰는 것이 마냥 두려웠다. 어쨌든, 한 작품을 시작한다는 것은 내게는 두려움과 걱정 속으로 아무런 보호막도 없이 내던져지는 것과 마찬가지의 의미였다. 나는 항상 작품과 나를 완전하게 분리하고 있었고, 내 작품의 등장인물에 대해 한 번도 제대로 감정이입을 한 적이 없었으며, 작품을 쓰는 데는 터무니없이 오랜 시간이 걸렸다. 늘, 내가 쓸 수 있는 건 이게 마지막이 아닐까 하는 두려움에 시달렸다.

물론 친구에게 유에프오 이야기를 들은 이후에도 「애드벌룬」은 몇 번의 실패를 겪었다. 이 소설을 쓸 당시는 여름이 막 시작되는 계절이었다. 나는 매일매일 무교동에 있는 프랜차이즈 카페에 나가서 소설을 썼다. 그날이 아직도 기억이 난다. 일요일이었는데, 카페에서 나온 나는 노트북 가방을 옆으로 매고 무작정 걷기 시작했다. 지금도 내가 어디를 걸었는지 정확히 모르겠다. 그리 늦은 시간도 아니었는데 거리의 카페나 가게는 모두 문을 닫았고, 사람들도 없었다. 아주 고요했고, 그리

that this next story I was writing would be my last.

Naturally, "Hot Air Balloon" ran into a few more glitches after hearing about the UFO story. I was writing this story around the end of the summer. I was going to a chain coffee shop in Mugyodong every day to write, and I still remember that day. It was Sunday. I'd left the coffee shop with my laptop bag hanging off my shoulder, and began to walk. To this day, I don't remember where I went. It wasn't very late but the cafes and stores were closed and the streets were deserted. I remember it was very quiet and windy—but I'm not sure if that actually was the case. I was occupied with the thought of the man—the man who did not get to leave on the UFO, the back of the man standing in his living room not knowing how to be anymore. The disheveled hair of the man who comes home after enduring the wind with his whole body for the entire day, returning in the small hours of the night when everyone else is sleeping, water dripping onto his pajamas, and then the sound of his feet on the wet floor stormed into my head. Engrossed with the image of this man, I kept on without knowing where I was until I found myself passing by an old palace. The people there, all sorts of people whispering in the summer night,

고 바람이 몹시 불었다고 기억하는데, 정말로 그랬는지는 잘 모르겠다. 왜냐하면 나는 걸으면서 그 남자, 유에프오를 타고 떠나지 못한 그 남자, 집으로 돌아와 거실에 망연자실하게 서 있는 그 남자의 뒷모습을 떠올리고 있었기 때문이었다. 모두가 잠든 깊은 새벽, 바람을 온몸으로 견디며 집으로 돌아온 그 남자의 흐트러진 머리칼, 입고 있는 잠옷에서 뚝뚝 떨어지는 물방울, 물에 젖은 발바닥이 땅을 밟을 때마다 나는 소리 같은 것이 갑자기 내 머릿속에서 나도 모르게 막 튀어나왔기 때문이었다. 그렇게 그에 대한 생각에 빠져서 어디로 가는지도 모르고 계속 걸었을 때, 그 어느 순간, 나는 내가 어떤 고궁을 지나고 있다는 것을 알았다. 사람들, 여름밤 소곤거리는 사람들을 지나치자 나는 몹시 마음이 슬퍼졌는데, 그때, 나는 그 감정이 그 남자 때문이라는 걸 알았다. 이유는 알 수 없었지만 그런 생각이 들었다. 그런 경험은 처음이었다. 내가 내 소설 속 인물에 그런 식으로 감정이입을 한 것은 처음이었다. 그리고 이 소설은 순식간에 쓰여졌다. 정말 순식간에. 내가 이 소설을 쓰는 내내 바란 것이 하나 있다면 그 남자의 얼굴을 볼 수 있게 되는 것이었는데 그건 마지막까지 실패했다. 이

filled my heart with great sadness. I realized that the source of this sadness was the man. I don't know why, but I knew. I had never had such an experience before. I'd never connected with one of my characters in this way. After that, the story finished itself instantly. Honestly, instantly. My one wish as I wrote this story was that I would like to see the man's face, but this has never come to pass. I planned to put the greatest amount of work and care into the scene where the man encounters the UFO, but I was so heartbroken as I wrote that scene that I could not think of any grand expressions or stylish sentences. It was a strange feeling. I don't quite know what it was. Do other writers feel this way when they write? Is this a good thing or bad? I really don't know.

As I work on other pieces these days, I look back on that day often. Could I arouse that feeling in me again? Could I summon that man again? Unfortunately, I haven't succeeded since. But it doesn't make me nervous. At least it happened to me once. I believe without reason that the memory of that day will lead me to another such experience another day. Also, I wonder if someone reading my story has ever felt what I felt. If someone has, it would make me unspeakably happy. It would make

소설에서 가장 공을 들이고 싶었던 장면은 그 남자가 유에프오를 만나는 그 순간이었지만, 그 장면을 쓰는 내내 나는 너무나 마음이 아파서 어떤 좋은 표현, 멋진 문장 같은 건 떠올릴 수조차 없었다. 그건 정말 이상한 감정이었다. 모르겠다. 그게 어떤 건지. 다른 작가들은 작품을 쓸 때마다 이런 감정을 느끼는 걸까? 이건 좋은 걸까? 나쁜걸까? 나는 잘 모르겠다.

요즘 다른 작품을 쓰면서 나는 종종 이 작품을 썼던 그때를 떠올린다. 다시 그 감정을 느낄 수 있을까? 다시 그 남자를 불러올 수 있을까? 불행하게도 지금까지는 성공하지 못하고 있다. 그러나 초조하게 생각하고 있지는 않다. 어쨌든 한 번은 그런 감정을 느꼈으니까. 그 기억이 나를 자연스레 두 번째로 인도해 줄 거라고 막연히 생각하고 있다. 또 한편으로는 내가 느꼈던 그 감정을 이 작품을 읽는 다른 누군가도 느꼈을까 궁금해하기도 한다. 만일 그랬다면 나로서는 뭐라 말할 수 없이 기쁘겠다. 아마 '그 남자'도 그렇게 느낄 것이다. 유에프오를 타지 않고, 이 세계에 남은 것에 대해 보람을 느낄 것이다.

that man happy, too. He'd be glad he remained in this world instead of getting on that UFO.

해설
Commentary

죽음을 다시-쓰는, 이야기를 다시-짜는
―손보미의「애드벌룬」읽기

노지영 (문학평론가)

"그래, 그날 많은 사람들이 죽었어요.

누군가의 아내도 죽었고, 누군가의 부모도 죽었고,

또 누군가의 아들도 죽었을 거요."

―손보미,「담요」중에서

자신의 삶 이전에 누군가의 죽음이 있었다는 것을 아는 사람은 삶을 향유하기보다는 절제하게 된다. 죽음을 기억하고 이에 대해 담담히 기술하는 이야기를 통해 우리는 감정을 억누르면서 말하는, 또 말해야만 하는 고통을 발견한다. 그리하여 죽음을 건조하게 이야기하는 문체는 때로 살갗의 언어로 파토스를 분출하는 그

Re-writing Death, Re-weaving Tales:
Reading Son Bo-mi's "Hot Air Balloon"

Roh Ji-young (literary critic)

Yes, many people died that day.
Someone's wife, someone's parent,
And perhaps someone's child.

—From "Blanket" by Son Bo-mi

Someone who is aware that life is preceded by another's death tends to restrain himself from enjoying life rather than revel in it. In stories that memorialize death through equable narratives, we're often able to see the pain of speaking and having to speak with absolute emotional restraint. Thus, narratives that speak dryly about death tend to convey pain more tangibly than others that opt to evoke great outbursts of pathos through more vis-

어떤 문체의 이야기보다 더 절절한 고통을 전달할 때가 있다.

손보미의 소설에서 그런 절제의 힘을 읽는다. 등단한 지 몇 년이 채 되지 않은 이 젊은 작가는 「애드벌룬」에서의 한 구절처럼, "남의 슬픔을 잘 이해하고 자신을 제어할 줄 안"다. 파토스를 모조리 철수시키겠다는 듯 담담하고 건조하게 기술되는 그녀의 문장에서 독자들은 철필로 꾹꾹 눌러쓴 타자의 일대기들을 조심스럽게 발음하는 법을 배운다. 타인의 상처와 죽음이 어떠한 형식의 이야기로 출현되어야 하는가를, 그리하여 산 자들이 그러한 죽음들과 어떤 형식으로 '공-존재'하고 있는지를 조심스럽게 보여주는 것이다.

손보미의 「애드벌룬」을 이해하기 위해서는 그의 데뷔작인 「담요」를 끌어오지 않을 수 없다. 손보미의 새로운 작품에는 전작들의 '혼령'이 깃들어 있는 경우가 많은데, 그것이 가장 적극적인 상호텍스트로 기능하는 예가 바로 「애드벌룬」이란 작품이다. 그녀의 소설 「담요」에 등장하는 '장'이라는 남자의 삶은 「애드벌룬」에 등장하는 '아버지'의 삶과 거의 유사한 궤적을 보이고 있기 때문에 여기에 그 내용을 소개하며 글을 시작할까 한다.

ceral language.

Son Bo-mi's stories attest to the power of this sort of emotional restraint. Son, who made her writer's debut only a few years ago, is aptly described by a line from her own short story, "Hot Air Balloon": She is "sympathetic toward other people's grief and exercises great self-control." Through her sentences so equable and dry that they seem determined to banish all feelings they might carry, readers eventually learn to carefully approach the stories of its singular characters that have been engraved on the pages with Son's deliberate nib. Her stories are a delicate lesson in the method of the revealed pain and death of others and how the living (co)exist with these deaths.

To fully understand Son's "Hot Air Balloon," one must also reference her debut story, "Blanket." Many of her new works contain ghosts of her previous stories and the most apparent example of this intertextuality can be found in "Hot Air Balloon." The life of one of her previous story's principal characters, Jang, follows a very similar trajectory to that of the father in "Hot Air Balloon."

Jang's life, which was "pretty much destined to be lucky from birth," turns into "a mess from the mid-thirties" and onwards. Implicated in a scandal and

"태어날 때부터 좋은 쪽으로 결정된 거나 다름없"던 '장'의 인생은 "삼십 대 중반부터 엉망진창"으로 변하기 시작한다. 스캔들에 연루되어 직장에서 좌천되고, 병든 아내는 출산을 감행하여 아이를 낳은 후에 '산송장'이나 다름없는 모습으로 수년을 앓다가 죽음을 맞이한다. 아들의 열다섯 번째 생일날에는 아들이 열광하던 '파셀'이라는 록밴드의 공연에 갔다가 총기난사사건이 벌어진다. 늘 "혼자 자라"왔던 아들에게 덮어주기 위해 장은 공연 당일 날 '담요'를 준비해 갔지만, 그날의 사고로 아들은 죽고, 장에게는 '담요'만 남았다. 그 담요를 자기 분신처럼 몸에 지니고 사는 '장'의 '이야기'를 그의 직장 동료 '한'이 '나'에게 하게 되고, 그 이야기를 바탕으로 하여 소설가인 '나'는 『난, 리즈도 떠날 거야』라는 소설을 쓰게 된다. 소설이 유명해지면서 시비가 붙어 '한'과 '나'는 결국 절교에 이르게 되지만, '한'의 장례식장에서 '장'을 만난 계기로 인해 '장'이 아들의 죽음 이후를 '나'에게 스스로 '이야기'하게 되는 기회가 생긴다. '장'은 '나'에게 아들과 비슷한 세대의 젊은 부부를 야간 순찰에서 만났던 어느 추운 겨울날의 경험에 대해서 직접 '이야기'해 준다. 아들의 사후에 처음으로 '장'이 젊은 부부에게 아들

dismissed from work, Jang loses his wife who gives birth in state of extremely frail health and then remains "a living corpse" for several years until she dies. Jang's misfortune does not nearly end there, however. On his son's fifteenth birthday, he takes his son to a Parcel concert, a rock and roll group his son is obsessed with. In the middle of the concert, a shooting breaks out and the son is killed. The blanket he brought to the concert for this son who, by his own admission, "raised himself" is all that remains. The narrator later hears the story of Jang, the man who takes this blanket wherever he goes, from one of his co-workers, Han. Based on this story, the narrator writes a novel called *I'm Leaving Liz, Too*, a novel that becomes famous and eventually creates a rift between Han and the narrator and leads to their falling out. Later, he narrator runs into Jang at Han's funeral and hears the story of Jang's son's death through Jang himself. Jang relates his encounter with a young couple he meets during patrol on a cold winter night. They were about his son's age if he'd survived. He tells them about his son for the first time since his death and gives them the blanket. The narrator "started to write novels again" after hearing this story, the journey of which comprises the basic plot of "blan-

'이야기'를 해주면서, 늘 소지하던 '담요'를 그들에게 주었다는 것이다. '장'의 '이야기'를 들은 이후로 "나는 다시 소설을 쓰기 시작했다"는 내용이 「담요」라는 소설의 전반적인 줄거리이다.

소설가가 소설 안에서 '장'의 목소리로 밝히고 있듯이, 이것은 "담요의 죽음에 대한 이야기"다. 만화 〈찰리 브라운〉에 등장하는 '라이너스'처럼, '담요'를 소지하고 있지 않으면 항상 불안해하는, '블랭킷(blanket) 증후군'을 앓는 존재들이 세상에는 많다. 존재를 온전히 대체할 수 없는 부분대상임에도, 이러한 '담요'는 상실에 대한 두려움을 일시적으로 덮어주는 역할을 한다. 여기서의 '담요'는 라캉이 설명한 '라멜라(lamella)'와 같이 '존재(exist)'하지는 않지만 우리 삶에 고집스럽게 '존속(insist)'하는 어떤 것이다. 위의 소설에서 '담요'는 상실된 아들에 대한 환영적 실체를 제공한다. 죽은 아내와, 아내의 죽음으로 탄생한 아들, 이 둘을 동시에 상실한 아버지는 살아남은 자의 '잔여물'이 된 '담요'를 끌어안으며 살아간다. 이 소설에는 다양한 층위의 담화로서의 이야기가 등장한다. '장'과 '한'의 이야기, '한'과 '나'의 이야기, '장'이 젊은 부부와 하는 이야기, '내'가 소설에서

ket."

As the novelist explains through Jang, this is "a story about the death of a blanket." Like Linus from *Peanuts*, many in this world suffer from a "security blanket syndrome" characterized by anxiety in the absence of a comfort object. Even if they are partial objects that cannot replace what they have lost, this blanket temporarily masks the fear of loss. The blanket is a manifestation of Lacan's "lamella," something that does not exist but continues to insist on its existence. In "Blanket," the blanket serves as a phantom manifestation of the lost son. Jang gets through his days wrapped in the blanket, the residue of his life as a survivor of the loss both of his wife and of his son, who was born as a result of her death. Jang needs several degrees of separation from the story of his loss before he can tell it himself. Jang tells Han, Han tells the narrator, Jang tells the young couple, the narrator tells the readers through the novel, Jang tells the narrator, and finally the narrator writes about Jang again. Only through the numerous layers of stories can the scarred Jang finally let go of his blanket and put his painful story to words.

This same blanket—after holding Jang's life together and passed on to another through the pow-

'장'에 대해 하는 이야기, '장'과 '나'의 이야기, 내가 다시 '장'에 대해 쓰는 이야기……. 그 무수한 이야기들의 겹을 통과하고서야 상처 입은 '장'은 비로소 '담요'를 타인에게 주고, 자신의 아픈 이야기를 언어로 발화할 수 있는 힘을 얻게 된다.

아버지 '장'의 삶을 지탱하면서 이야기의 힘을 통해 타인에게 양도될 수 있었던 '담요'는 손보미의 「애드벌룬」에 다시 출현한다. 이 소설에서 제공되는 가족서사의 주요 골격은 전반적으로 「담요」와 매우 유사하다. 그러나 「애드벌룬」에서는 '파셀'의 콘서트 공연으로 죽게 된 사람이 '아버지'로 설정되어 있다. 또한 이 소설에서는 아버지를 지탱해 주었던 부분대상인 '담요'조차 부재하다. '다시-쓰기'된 가족서사 속에서 주인공인 '그'는 "아버지가 자신에게 덮어 주었던 담요를 잃어버렸다는 사실을 깨닫게" 되고, 그러한 결여를 대체할 다른 대상을 미처 찾아내지 못한다. 이 소설에서 '그'는 어머니와 아버지는 물론 '담요'라는 대체물과도 분리되어 있는 것이다. 어디서도 위로받지 못하고 부유하는 아들의 삶은, 그리하여 부모에 대한 '상실'과 '죽음'으로 얼룩져 있다. 반복적인 강박 속에서 '그'는 죽은 부모들의 간섭을

er of storytelling—turns up again in "Hot Air Balloon." The overall family narrative of the story is very similar to the one in "Blanket," but it is the father who is injured at the Parcel concert this time around. The blanket that once served as an emotional crutch goes missing. In the re-written family narrative, the protagonist realizes that he has "lost the blanket his father wrapped him with," but this time he fails to find an object to supplement his own emotional deficiencies. In "Hot Air Balloon," the protagonist finds himself separated from his mother, father, and even the blanket substitute. The wandering life of the son unable to find solace anywhere is inextricably tainted with the privation and death of his parents. Beset by constant, repetitive forms of stress, he lives forever under the shadow of his dead parents. The protagonist both prolongs and periodically ends cycles of writing letters—which include admissions like, "It was me who should have died then"—and lives like a "living corpse" in his "even more average" life.

The death of the protagonist's mother and disabled father are not normal deaths, a "thing-in-itself," but an anamorphosis that turns their deaths into something else. He is "lucky" enough to escape the fate of the "I who had to die," but, be-

받으며 삶을 살아가는 것이다. "그때, 죽었어야 하는 건 나였던 것 같아요"라는 말이 들어간 편지를 누군가에게 쓰고, 또 부치지 못하는 행위를 반복하면서, "더욱더 평범해"진 삶 속에서 '그'는 '산송장'으로서의 삶을 살아가게 된다.

어머니의 죽음, 불구가 된 아버지의 잇따른 죽음은 '물자체'로서의 정상적인 '죽음'이 아니라 '그'에게 '왜상(歪像, anamorphosis)'으로 변형되어 있는 죽음이다. '그'는 '죽었어야 하는 것은 나'라는 필연성을 '운이 좋'게도 벗어났지만, 어머니와 아버지가 '나'로 인해 죽거나 다친 것이라고 왜곡해서 받아들였기 때문에 한없는 우울에서 벗어나지 못한다. 『난, 리즈도 떠날 거야』라는 소설을 성공적으로 번역한 이후, 조건이 좋은 아내를 만나 외적으로는 평탄한 삶을 살고 있었지만, 그러한 삶 속에서도 '그'는 "도대체 왜?"라는 질문의 답을 얻지는 못한다. 화장대 속 거울 속에 비쳐진 충만한 듯한 삶의 유표들, "집 안 구석구석을 꽉 채운 아내의 옷과 가방과 신발"들을 보며 '그'는 불현듯 지팡이를 짚은 아버지를 죄책감 속에 떠올리고 충동적으로 자신의 책을 불사른 것이다. 그러나 이러한 충동의 결과는 참담했다. 그는

cause of his unshakeable conviction that his mother and father were killed or maimed because of him, he cannot escape the pit of his own depression. At one point he does successfully translate the novel *I'm Leaving Liz, Too* and settles down with a wife from a good family and lives a superficially untroubled life. He does not, however, ever find an answer to the question, "Why on earth?" And when the tokens of an ostensibly fulfilling life are reflected in his dressing table mirror—"her clothes, bags, and shoes" taking up every inch of the house—they suddenly remind the protagonist of his crippled father. In a sudden moment of guilt, then, he burns all of his books, leading him to a dreadful end. He is accused of arson and loses both his wife and daughter in court. Later, on the day he loses his daughter forever as a result of his ex-wife's remarriage, he sees something amazing (that distracts him from "a more loaded scene"). He spots seven hot air balloons "suspended in the air on their own accord" without "the slightest movement." When he approaches for a closer look, they appear to be seven disk-shaped luminescent objects.

In the end, it isn't very important to the story whether these were the more familiar hot air balloons or the less familiar UFOs. As Karl Jung men-

법정에서 집을 태우려는 방화범 취급을 받고 아내와 딸을 동시에 잃게 되었다. 이후 전처가 재혼함으로써 아내와 딸을 완전히 상실하게 된 날, '그'는 운전을 하다가 ("중요하다고 생각하는" 어떤 '장면'을 망각하게 만드는) 놀라운 장면을 목격하게 된다. 하늘에서 "미동도 없이" "자신의 의지로, 스스로 떠 있는" 일곱 개의 애드벌룬을 본 것이다. 이것들은 '그'가 좀 더 가까이 다가가자 접시 모양의 발광체로 보이기도 했다.

그것이 우리 눈에 익숙한 애드벌룬인지, 아니면 낯선 유에프오인지를 따지는 것은 이 소설에서 그다지 중요한 부분은 아닐 것이다. 융이 『현대의 신화』에서 언급한 적 있듯이 이러한 미확인 비행물체는 '심리적 실재'이자, '자기'의 상징이 될 것이기 때문이다. 지상에 내려오지 못하고 분리된 채로 떠 있는 애드벌룬, 혹은 유에프오로 보이는 '왜상'들은 '분리'나 '죽음'의 현실 속에서 반복적으로 귀환한다. 그리고 어머니와 아버지, 아내와 딸을 잃은 '그'를 끊임없는 두려움으로 몰고 간다.

저게 나를 다른 세상으로 데려가 줄 거야. 그는 생각했다. 다른 세상에서 나는 그런 식으로 사랑하는 사람

tions in *Flying Saucers: A Modern Myth of Things Seen in the Skies*, sightings of unidentified flying objects often function as psychological manifestations or symbols of the self. Anamorphoses that take the form of hot air balloons or UFOs often appear in instances of separation and death. In this case, these anamorphoses drive Son's protagonist—who has now lost his mother, father, wife, and now even daughter—to greater depths of fear.

That thing will take me to another world, he thought. In this other world, I won't lose the people I love as I have. Mother will still be alive. Father won't limp. In this world... I won't lose my fleece blanket. In this world there won't be shitty writing like "Romance of a Scientist" or *I'm Leaving Liz, Too*. Certainly, Babe Ruth won't become a mute in that world. Yes. Certainly, he'll spend his entire life playing baseball. As a truly amazing baseball player he was. And... he continued thinking these thoughts.

In that world, I would have died at the Parcel concert.

I should have died then.

Death, existing on the other side of life and as a symbol for the end of life, operates under a dis-

들을 잃지 않을 거야. 어머니는 아직까지 살아 계시겠지. 아버지가 다리병신이 되지도 않을 테고, 그 세상에서…… 나는 담요를 잃어버리지도 않을 거야. 그 세상에는 「과학자의 사랑」이니, 『난, 리즈도 떠날 거야』 같은 거지 같은 글이 존재하지도 않을 거야. 분명히, 그 세상에서 베이브 루스는 벙어리가 되지 않을 거야. 그래, 분명히, 그는 야구 선수로 일생을 살아갈 거야. 정말 위대한 야구 선수 말이야. 그리고…… 그는 생각했다.

그 세상에서 나는 파셀의 콘서트에서 이미 죽었을 거다.

나는 그때 죽었어야 해.

삶의 '너머'를 보여주면서 생명의 '끝'을 상징하는 '죽음'은 그에게 변형된 이미지로 작동하여 끊임없는 불안을 야기한다. '애드벌룬/유에프오'의 이미지상은 그것이 "나를 다른 세상으로 데려가 줄 것"이라는 생각과 "나는 그때 죽었어야 해"라는 생각 사이에서 '그'를 끊임없이 갈등하게 만든다. 이는 품속으로 파고드는 현재의 연인 앞에서도 마찬가지다. 그는 '상실'의 자동기억과 또다시 상실을 예기하는 신호불안 속에 시달리며, 충만한 사랑

torted form and causes Son's protagonist endless anxiety. The hot air balloon/UFO image locks him in a state of unresolved tension between "take me to another world" and "I should have died then." As seen through snapshots interspersed throughout the piece, he is no different in his relationship with the lover he currently holds in his arms. Suffering from the involuntary reminders and precursors of loss, he cannot revel in the love he has now. He naturally gravitates toward death. Even his current lover asks, "If you're born again, in another world... That is, in that other world—will you love only me?" before ultimately disappearing without a trace.

Those who have crossed over to the other side often speak to us in our heads, "Child, you must stop moving. Just look. You mustn't touch. Don't get any closer." Likewise, the character's father, while unable to protect him before, sends careful words for his son to heed. He advises his sleeping son to avoid the pain of loss. Rather than instilling fear in him by insisting he remember the deaths of those he has lost, urging him to live on in pain, he advises him not to get too close to death. Even so, the son remains "truly, completely alone" in these moments. The distances in life that pain carves out

을 향유하지 못하는 것이다. 상실의 경험으로 인해 온전히 사랑받지도 충만히 사랑하지도 못한 채 지상을 부유하며 살아가는 '그'의 삶은, 그리하여 필연적인 관계의 죽음으로 향한다. 현재의 연인조차 "다음 세상에 태어나면, 그러니까 다른 세상에서는 나만 사랑해 줄래?"라는 말을 남기고 다시, 흔적도 없이 사라진 것이다.

죽음으로 건너간 자들은 환청을 통해 말한다. "애야, 더 이상 움직이지 말거라. 보기만 해야 한단다. 너는 그걸 만져서는 안 돼. 더 가까이 가서는 안 돼"라고…… 곁에서 '그'를 지켜주지 못했던 '그'의 '아버지'가 그랬다. 잠꼬대 속에서도 '상실'의 고통을 피하라는 전언을 들려주었다. 이처럼 상실로 인해 먼저 아팠던 자들은 죽음을 기억하라, 고 겁주기보다는 죽음에 너무 가까이 다가가지 말라고 조언한다. 그럼에도 불구하고 '그'는 그러한 말 속에서도 "진짜로 완전히 혼자가 되었다." 고통이 만드는 삶의 '거리'들이, 죽음을 온전히 이겨내지 못하는 비극적인 관계들이, 그리하여 더 큰 상처의 경험들을 '운 좋게' 피해 가려는 마음들이 삶에서는 더 크게 작동할 때가 있는 것이다.

그러나 주인공이 연인에게 했던 마지막 약속처럼

for us, the tragic relationships unable to cope with death, and the desire to be "lucky enough" to avoid the greater sorrows in life are sometimes still larger than we can handle.

Nevertheless, like the protagonist's last promise, the vestiges of "I promise to love only you" might someday return and take possession of the protagonist's life once more. The scars of death will of course strike back, too, filling the spaces between the acts of the drama that seem to be constantly unfolding in the conscious world. Every couple on earth, every family in the world will suffer at some point from hope and despair. Love and death thus reoccurs in our lives. But like Penelope enduring the constant courtship of death by weaving and unweaving Laertes' shroud, we have the power of the text to delay our meeting with death. We can count on Son Bo-mi to provide an equable account of a re-written history, the history of a blanket wrapped around a shoulder, then lost, and then found again. We will explore our odyssey in our interwoven relationship with death. And so today's loss is not the end, and today's death may not mean a final confrontation with death itself.

"너만 사랑할게"라는 말의 잔영은 언젠가 다시 귀환하여 '그'의 삶을 장악하지 않겠는가. 물론 질 수 없다는 듯이 의미 세계 내의 간극을 채우기 위해 '죽음'의 상처들 또한 소환될 것이다. 지상의 모든 연인, 세계의 모든 가족들은 희망하는 동시에 다시 삶의 곤경에 시달리리라. 이처럼 우리 삶에서 사랑과 죽음은 끊임없이 귀환한다. 그러나 우리에게는 죽음의 끈질긴 구혼을 이겨내며 아버지의 수의를 짰다가 풀어내는 페넬로페처럼, '죽음'과의 조우를 지연시키는 '텍스트'의 힘이 있지 않은가. '담요'를 덮었다가, 다시 그것을 잃어버렸다가, 다시 되찾기도 하는 '다시-쓰기'의 역사가 손보미 작가에게서 담담한 어조로 펼쳐질 것이라는 믿음이 있지 않은가. 죽음과의 촘촘한 관계 속에서 끈질기게 우리네 일대기가 탐색되지 않겠는가. 그리하여 오늘의 상실이 전부는 아니며, 오늘의 '죽음'은 죽음이 아닐 것이다.

노지영 문학평론가. 2010년 《시인》《내일을 여는 작가》에 글을 쓰며 평론 활동을 시작했다. 현재 반년간 《리얼리스트》에 편집위원으로 참여하고 있다.

Roh Ji-young Roh Ji-young made her literary debut by publishing articles in *Poet* and *Writers Opening Tomorrow*. Roh is currently working as a member of the editorial board for the bi-annual journal *Realist*.

비평의 목소리
Critical Acclaim

그녀의 소설이 언제나 그렇듯 대단히 정교한 이야기의 구조를 갖추고 있는데, 그 촘촘한 이야기는 이상하게도 가장 결정적인 대목을 말하지 않고 그것은 말해지지 않은 덕에 더욱 강렬한 방식으로 전달된다.

권희철, 「심사평」, 『2013 제4회 젊은작가상 수상작품집』,

문학동네, 2013.

　　소설이 하는 여러 일 중의 하나는 감정의 창조다. 감정의 구조를 정확하게 묘파하는 서술자의 논변에 힘입어 삶의 진실에 대한 직접적인 각성을 유도하는 소설도 있고, 감정은 논리화 될 수 없으므로 '이야기 안에서만'

As is customary for Son's stories, this story is equipped with an elaborate narrative structure. Strangely, this elaborate story does not tell you its most critical parts. And because of this absence, it is conveyed even more compellingly.

Kwon Hui-cheol, "Judge's Remarks," *The 2013 the 4th Young Writer Award Recipients Story Collection*

(Munhakdongne, 2013)

One of the many achievements of novels and short stories is to create emotions. Some lead readers straight to awareness through the narrator's narrative skill to precisely describe the structure of a feeling. Other authors choose to just show

혹은 '이야기 전체로서만' 온전히 전달될 수 있다고 믿고 그저 이야기를 보여주기만 하는 소설도 있다. 손보미는 이중 두 번째 유형에 속할 소설 문법 하나를 어느새 구축해버렸다. 자주 지적됐듯이 그녀는 레이먼드 카버를 떠올리게 하는 기예로 친밀성(intimacy) 내부의 불안정성을 자주 탐색하는데, 특히 '의심'과 '불안'이라는 감정에 대해 쓸 때 성공적인 결과에 도달한다.

신형철, 「심사평」, 『2014 제5회 젊은작가상 수상작품집』,

문학동네, 2014.

these feelings, the author believing that emotions cannot be reasoned with and can delivered only "within a story" and "through a story as a whole." Son Bo Mi has already constructed a storytelling grammar that belongs to this latter group. As is often pointed out, she often explores instability within intimacy with a skill reminiscent of Raymond Carver. She is especially successful when she writes about emotions such as doubt and insecurity.

Shin Hyeong-cheol, "Judge's Remarks,"

The 2013 the 4th Young Writer Award Recipients Story Collection (Munhakdongne, 2014)

K-픽션 003
애드벌룬

2014년 8월 29일 초판 1쇄 인쇄 | 2014년 9월 5일 초판 1쇄 발행

지은이 손보미 | 옮긴이 제이미 쳉 | 펴낸이 김재범
기획위원 정은경, 전성태, 이경재
편집 정수인, 이은혜, 윤단비, 김형욱 | 관리 박신영 | 디자인 이춘희
펴낸곳 (주)아시아 | 출판등록 2006년 1월 27일 제406-2006-000004호
주소 서울특별시 동작구 서달로 161-1(흑석동 100-16)
전화 02.821.5055 | 팩스 02.821.5057 | 홈페이지 www.bookasia.org
ISBN 979-11-5662-043-3(set) | 979-11-5662-046-4(04810)
값은 뒤표지에 있습니다.

K-Fiction 003
Hot Air Balloon

Written by Son Bo-mi | **Translated by** Jamie Chang
Published by Asia Publishers | 161-1, Seodal-ro, Dongjak-gu, Seoul, Korea
Homepage Address www.bookasia.org | **Tel**. (822).821.5055 | **Fax**. (822).821.5057
First published in Korea by Asia Publishers 2014
ISBN 979-11-5662-043-3(set) | 979-11-5662-046-4(04810)

바이링궐 에디션 한국 대표 소설

한국문학의 가장 중요하고 첨예한 문제의식을 가진 작가들의 대표작을 주제별로 선정!
하버드 한국학 연구원 및 세계 각국의 한국문학 전문 번역진이 참여한 번역 시리즈!
미국 하버드대학교와 컬럼비아대학교 동아시아학과, 캐나다 브리티시컬럼비아대학교 아시아
학과 등 해외 대학에서 교재로 채택!

바이링궐 에디션 한국 대표 소설 set 1

분단 Division

01 병신과 머저리-이청준 The Wounded-Yi Cheong-jun
02 어둠의 혼-김원일 Soul of Darkness-Kim Won-il
03 순이삼촌-현기영 Sun-i Samch'on-Hyun Ki-young
04 엄마의 말뚝 1-박완서 Mother's Stake I-Park Wan-suh
05 유형의 땅-조정래 The Land of the Banished-Jo Jung-rae

산업화 Industrialization

06 무진기행-김승옥 Record of a Journey to Mujin-Kim Seung-ok
07 삼포 가는 길-황석영 The Road to Sampo-Hwang Sok-yong
08 아홉 켤레의 구두로 남은 사내-윤흥길 The Man Who Was Left as Nine Pairs
   of Shoes-Yun Heung-gil
09 돌아온 우리의 친구-신상웅 Our Friend's Homecoming-Shin Sang-ung
10 원미동 시인-양귀자 The Poet of Wŏnmi-dong-Yang Kwi-ja

여성 Women

11 중국인 거리-오정희 Chinatown-Oh Jung-hee
12 풍금이 있던 자리-신경숙 The Place Where the Harmonium Was-Shin
   Kyung-sook
13 하나코는 없다-최윤 The Last of Hanak'o-Ch'oe Yun
14 인간에 대한 예의-공지영 Human Decency-Gong Ji-young
15 빈처-은희경 Poor Man's Wife-Eun Hee-kyung

바이링궐 에디션 한국 대표 소설 set 2

자유 Liberty

16 필론의 돼지-이문열 Pilon's Pig-Yi Mun-yol
17 슬로우 불릿-이대환 Slow Bullet-Lee Dae-hwan
18 직선과 독가스-임철우 Straight Lines and Poison Gas-Lim Chul-woo
19 깃발-홍희담 The Flag-Hong Hee-dam
20 새벽 출정-방현석 Off to Battle at Dawn-Bang Hyeon-seok

사랑과 연애 Love and Love Affairs

21 별을 사랑하는 마음으로-**윤후명** With the Love for the Stars-**Yun Hu-myong**

22 목련공원-**이승우** Magnolia Park-**Lee Seung-u**

23 칼에 찔린 자국-**김인숙** Stab-**Kim In-suk**

24 회복하는 인간-**한강** Convalescence-**Han Kang**

25 트렁크-**정이현** In the Trunk-**Jeong Yi-hyun**

남과 북 South and North

26 판문점-**이호철** Panmunjom-**Yi Ho-chol**

27 수난 이대-**하근찬** The Suffering of Two Generations-**Ha Geun-chan**

28 분지-**남정현** Land of Excrement-**Nam Jung-hyun**

29 봄 실상사-**정도상** Spring at Silsangsa Temple-**Jeong Do-sang**

30 은행나무 사랑-**김하기** Gingko Love-**Kim Ha-kee**

바이링궐 에디션 한국 대표 소설 set 3

서울 Seoul

31 눈사람 속의 검은 항아리-**김소진** The Dark Jar within the Snowman-**Kim So-jin**

32 오후, 가로지르다-**하성란** Traversing Afternoon-**Ha Seong-nan**

33 나는 봉천동에 산다-**조경란** I Live in Bongcheon-dong-**Jo Kyung-ran**

34 그렇습니까? 기린입니다-**박민규** Is That So? I'm A Giraffe-**Park Min-gyu**

35 성탄특선-**김애란** Christmas Specials-**Kim Ae-ran**

전통 Tradition

36 무자년의 가을 사흘-**서정인** Three Days of Autumn, 1948-**Su Jung-in**

37 유자소전-**이문구** A Brief Biography of Yuja-**Yi Mun-gu**

38 향기로운 우물 이야기-**박범신** The Fragrant Well-**Park Bum-shin**

39 월행-**송기원** A Journey under the Moonlight-**Song Ki-won**

40 협죽도 그늘 아래-**성석제** In the Shade of the Oleander-**Song Sok-ze**

아방가르드 Avant-garde

41 아겔다마-**박상륭** Akeldama-**Park Sang-ryoong**

42 내 영혼의 우물-**최인석** A Well in My Soul-**Choi In-seok**

43 당신에 대해서-**이인성** On You-**Yi In-seong**

44 회색 時-**배수아** Time In Gray-**Bae Su-ah**

45 브라운 부인-**정영문** Mrs. Brown-**Jung Young-moon**

바이링궐 에디션 한국 대표 소설 set 4

디아스포라 Diaspora

46 속옷-**김남일** Underwear-**Kim Nam-il**

47 상하이에 두고 온 사람들-**공선옥** People I Left in Shanghai-**Gong Sun-ok**

48 모두에게 복된 새해-**김연수** Happy New Year to Everyone-**Kim Yeon-su**

49 코끼리-**김재영** The Elephant-**Kim Jae-young**

50 먼지별-**이경** Dust Star-**Lee Kyung**

가족 Family

51 혜자의 눈꽃-**천승세** Hye-ja's Snow-Flowers-**Chun Seung-sei**

52 아베의 가족-**전상국** Ahbe's Family-**Jeon Sang-guk**

53 문 앞에서-**이동하** Outside the Door-**Lee Dong-ha**

54 그리고, 축제-**이혜경** And Then the Festival-**Lee Hye-kyung**

55 봄밤-**권여선** Spring Night-**Kwon Yeo-sun**

유머 Humor

56 오늘의 운세-**한창훈** Today's Fortune-**Han Chang-hoon**

57 새-**전성태** Bird-**Jeon Sung-tae**

58 밀수록 다시 가까워지는-**이기호** So Far, and Yet So Near-**Lee Ki-ho**

59 유리방패-**김중혁** The Glass Shield-**Kim Jung-hyuk**

60 전당포를 찾아서-**김종광** The Pawnshop Chase-**Kim Chong-kwang**

바이링궐 에디션 한국 대표 소설 set 5

관계 Relationship

61 도둑견습 - **김주영** Robbery Training-**Kim Joo-young**

62 사랑하라, 희망 없이 - **윤영수** Love, Hopelessly-**Yun Young-su**

63 봄날 오후, 과부 셋 - **정지아** Spring Afternoon, Three Widows-**Jeong Ji-a**

64 유턴 지점에 보물지도를 묻다 - **윤성희** Burying a Treasure Map at the U-turn-**Yoon Sung-hee**

65 쁘이거나 쓰이거나 - **백가흠** Puy, Thuy, Whatever-**Paik Ga-huim**

일상의 발견 Discovering Everyday Life

66 나는 음식이다 - **오수연** I Am Food-**Oh Soo-yeon**

67 트럭 - **강영숙** Truck-**Kang Young-sook**

68 통조림 공장 - **편혜영** The Canning Factory-**Pyun Hye-young**

69 꽃 - **부희령** Flowers-**Pu Hee-ryoung**

70 피의일요일 - **윤이형** BloodySunday-**Yun I-hyeong**

금기와 욕망 Taboo and Desire

71 북소리 – 송영 Drumbeat-Song Yong

72 발칸의 장미를 내게 주었네 – 정미경 He Gave Me Roses of the Balkans-Jung Mi-kyung

73 아무도 돌아오지 않는 밤 – 김숨 The Night Nobody Returns Home-Kim Soom

74 젓가락여자 – 천운영 Chopstick Woman-Cheon Un-yeong

75 아직 일어나지 않은 일 – 김미월 What Has Yet to Happen-Kim Mi-wol